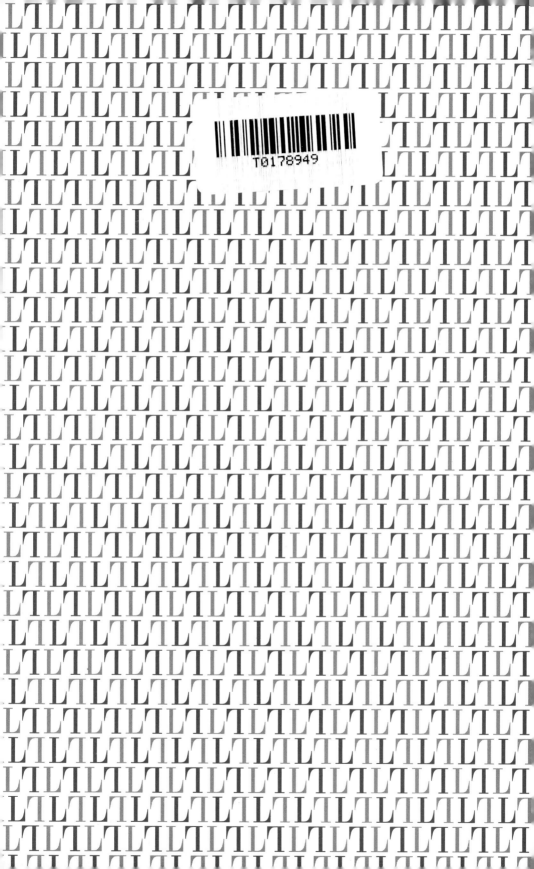

T0178949

Una sala llena de corazones rotos

Una sala llena de corazones rotos

Anne Tyler

Traducción del inglés de
Ana Mata Buil

Lumen

narrativa

Papel certificado por el Forest Stewardship Council®

Penguin
Random House
Grupo Editorial

Título original: *Redhead by the Side of the Road*

Primera edición: enero de 2021

© 2020, Anne Tyler
© 2021, Penguin Random House Grupo Editorial, S. A. U.
Travessera de Gràcia, 47-49. 08021 Barcelona
© 2021, Ana Mata Buil, por la traducción

Printed in Spain – Impreso en España

ISBN: 978-84-264-0783-2
Depósito legal: B-14.469-2020

Compuesto en M. I. Maquetación, S. L.
Impreso en Egedsa (Sabadell, Barcelona)

H 4 0 7 8 3 2

Una sala llena de corazones rotos

1

Es inevitable preguntarse qué le pasa por la cabeza a un hombre como Micah Mortimer. Vive solo; es reservado; su rutina está grabada en piedra. Todas las mañanas a las siete y cuarto se le ve salir a correr. Alrededor de las diez o las diez y media pega el cartel magnético de TECNOERMITAÑO en el techo de su Kia. Las horas a las que sale para atender llamadas varían, pero no hay prácticamente ni un solo día en el que los clientes no requieran sus servicios. Por las tardes, siempre lo vemos haciendo arreglos en el edificio donde vive; hace doblete como hombre de mantenimiento. A veces barre el camino de entrada, otras sacude el felpudo o charla con un fontanero. Los lunes por la noche, la víspera del día de recogida de residuos generales, acerca los cubos de basura a la calleja; los miércoles por la noche, los cubos de reciclaje. A las diez de la noche, más o menos, las tres ventanas entrecerradas del sótano se oscurecen. (Sí, su piso está en el sótano. No debe de ser muy alegre.)

Es un hombre alto y huesudo de cuarenta y pocos años, con una postura corporal no muy buena: la cabeza levemente inclinada hacia delante, los hombros algo caídos. El pelo negro azabache, aunque cuando pasa un día sin afeitarse el bigote empieza a salirle canoso. Ojos azules, cejas pobladas, hoyuelos en las mejillas. Una boca de aspecto reprimido. Siempre con el mismo atuendo: vaqueros y una camiseta o una sudadera, según la estación del año, con una cazadora de cuero marrón bastante gastada cuando hace frío de verdad. Zapatos marrones de puntera redondeada muy usados y modestos, como los zapatos de los escolares. Incluso sus zapatillas de deporte son anodinas y viejas, de un blanco sucio (nada de rayas fosforescentes ni de suelas rellenas de gel ni esas pijadas que les gustan a tantos corredores), y los pantalones que lleva para correr son en realidad vaqueros cortados por encima de la rodilla.

Tiene novia, pero, al parecer, llevan vidas bastante independientes. De vez en cuando la vemos encaminándose a la puerta de atrás con una bolsa de comida para llevar; los vemos montarse en el Kia una mañana de fin de semana, entonces sin el cartel de TECNOERMITAÑO. Él da la impresión de no tener amigos. Es cordial con los vecinos, pero nada más. Lo saludan cuando se lo encuentran, y él les devuelve el saludo con un gesto de la cabeza y levanta la mano, a menudo sin molestarse en abrir la boca. Nadie sabe si tiene familia.

El edificio está en Govans, es un pequeño cubo de ladrillo de tres plantas de York Road, en la zona norte de Baltimore, con un local especializado en truchas a la derecha y una tienda de ropa de segunda mano a la izquierda. Un aparcamiento minúsculo detrás. Parcelas de césped también minúsculas delante. Un porche discordante (en realidad, es poco más que una entrada de losas de hormigón) con un astillado balancín de madera en el que nunca se sienta nadie y una fila vertical de timbres junto a una mugrienta puerta blanca.

¿Alguna vez se para a reflexionar sobre su vida? ¿Sobre su sentido, su objetivo? ¿Le atormenta pensar que lo más probable es que pase los próximos treinta o cuarenta años de la misma manera? Nadie lo sabe. Y, casi con total seguridad, nadie se lo ha preguntado nunca.

Un lunes, hacia finales de octubre, todavía estaba desayunando cuando recibió la primera llamada. Normalmente, su mañana transcurría así: correr, ducharse y desayunar, y después limpiar un poco la casa. Detestaba que algo interrumpiera la secuencia habitual. Se sacó el teléfono del bolsillo y miró la pantalla: EMILY PRESCOTT. Una anciana; había trabajado para ella con tanta frecuencia que había grabado su teléfono en la agenda. Las ancianas eran quienes tenían los problemas más fáciles de resolver, pero también quiénes hacían más preguntas irritantes. Siempre querían saber por qué.

—Pero ¿cómo ha podido pasar? —preguntaban—. Anoche cuando me fui a dormir el ordenador funcionaba bien y esta mañana se había vuelto majara. Pero ¡yo no le he hecho nada! Estaba dormida como un tronco.

—Sí, bueno, no se preocupe. Ahora ya lo tiene arreglado —contestaba él.

—Pero ¿por qué había que arreglarlo? ¿Cómo se estropeó?

—Esa pregunta no es muy práctica cuando se trata de un ordenador.

—¿Por qué no?

Por otra parte, las ancianas eran su pan de cada día; además, aquella en cuestión vivía cerca, en Homeland. Pulsó la tecla de respuesta y dijo:

—Tecnoermitaño, dígame.

—¿Señor Mortimer?

—Sí.

—Soy Emily Prescott. ¿Se acuerda de mí? Tengo una emergencia muy urgente.

—¿Qué sucede?

—Uf, ¡no consigo que el ordenador vaya a ninguna parte! ¡Se niega en redondo! ¡No quiere entrar en ninguna página web! ¡Y eso que aún veo la señal del wifi!

—¿Ha probado a reiniciar el equipo? —le preguntó.

—¿Qué es eso?

—Apagarlo y volver a encenderlo, tal como le enseñé...

—Ah, sí. «Darle un respiro», como me gusta llamarlo. —Soltó una risita nerviosa—. Sí, lo he probado. No ha funcionado.

—De acuerdo. ¿Qué le parece si me paso sobre las once?

—¿Las once en punto?

—Exacto.

—Pero quería comprarle un regalo a mi nieta por su cumpleaños, que es el miércoles, y tengo que pedirlo pronto para que me lo envíen gratis y que llegue dentro de dos días.

Micah no contestó.

—Bueno —dijo la anciana. Suspiró—. Está bien: a las once. Estaré esperándolo. ¿Recuerda la dirección?

—Sí, tranquila.

Colgó y dio otro mordisco a la tostada.

Su piso era más grande de lo que sería de esperar, teniendo en cuenta que estaba en el sótano. Un único espacio largo y abierto albergaba la sala de estar y la cocina, y luego había dos dormitorios separados, algo pequeños, y un cuarto de baño. El techo tenía una altura aceptable y el suelo era de baldosas de vinilo no demasiado chabacanas y de un tono marfil jaspeado. Había una única alfombra beis delante del sofá. Las minúsculas ventanas cercanas al techo no ofrecían muchas vistas, pero siempre informaban de si hacía sol (como ese día, por ejemplo), y ahora que los árboles habían empezado a perder las hojas, Micah veía algunas secas acumuladas alrededor de los arbustos de azalea. Más tarde las quitaría con el rastrillo.

Se terminó el café, deslizó la silla hacia atrás, se levantó y llevó los platos al fregadero. Tenía su propio método: dejaba los platos en remojo mientras limpiaba la mesa y la encimera, guardaba la mantequilla, pasaba la aspiradora por debajo de la silla por si se le había caído alguna miga. El día fijado para la aspiradora era el viernes, pero entretanto le gustaba tener las cosas impolutas.

El lunes era el día de fregar el suelo: el de la cocina y el del baño. «La temida *hoga* de *fgegag*», dijo mientras vertía agua caliente en un cubo. Solía hablar consigo mismo mientras trabajaba, casi siempre poniendo algún acento extranjero. Ese día se decidió por el alemán, o tal vez el ruso. «*Fgegag* todos los suelos.» No se molestó en aspirar antes el baño, porque no hacía falta; el suelo continuaba prístino de la semana anterior. La teoría personal de Micah era que si alguien percibía la diferencia después de limpiar (la mesita de centro de repente brillante, la alfombra de repente sin una sola pelusa) era porque había esperado demasiado para hacerlo.

Micah se enorgullecía de lo bien que llevaba las tareas domésticas.

Cuando hubo terminado de fregar, vació el agua del cubo en el lavadero del cuarto de la colada. Apoyó la fregona contra el calentador. Después regresó a su piso y repasó la sala de estar: dobló la manta del sofá, tiró un par de latas de cerveza y esponjó los cojines para que recuperasen su forma. Tenía poco mobiliario: únicamente el sofá, la mesita y un sillón reclinable de vinilo, muy feo y marrón. Todo estaba ya en el apartamento cuando se mudó; solo había añadido una funcional estantería metálica para sus revistas de tecnología y los manuales. Cuando le apetecía leer otra cosa (casi siempre novelas de misterio y biografías) iba a un punto de intercambio gratuito de libros, que devolvía en cuanto los terminaba. De lo contrario, habría tenido que comprar más estanterías.

Para entonces ya se había secado el suelo de la cocina y Micah se dispuso a fregar los platos del desayuno, secarlos y guardarlos. (Algunas personas dejaban que se secaran al aire, pero Micah detestaba el aspecto desordenado de los platos en el escurridor.) Luego se puso las gafas —unas gafas de lejos sin montura para conducir—, cogió el cartel magnético que pegaba en el coche y la bolsa del material y salió por la puerta de atrás.

Su puerta estaba en la parte posterior del edificio, al final de un tramo de peldaños de hormigón que daban al aparcamiento. Al llegar al último escalón, se detuvo para ver qué tiempo hacía: más calor que cuando había salido a correr, la brisa había cesado. Había hecho bien en no coger la cazadora. Fijó el imán de TECNOERMITAÑO al coche y luego se deslizó dentro, encendió el motor y saludó con la mano a Ed Allen, que caminaba con pasos pesados hacia su furgoneta con la fiambrera en la mano.

Cuando Micah se ponía al volante, le gustaba fingir que lo evaluaba un sistema de vigilancia que lo veía todo. El «dios del tráfico», lo llamaba. El dios del tráfico se desplegaba en una flota de hombres en mangas de camisa con viseras verdes que solían comentar entre sí lo perfecta que era la conducción de Micah. «Fijaos en cómo enciende el intermitente para girar, aunque no tenga a nadie detrás», decían. Micah siempre utilizaba el intermitente, siempre siempre. Incluso cuando aparcaba en su casa. Al acelerar, se imaginaba un huevo debajo del pedal del acelerador, tal como le habían enseñado; al frenar, lo hacía tan despacio que, cuando el vehículo se paraba del todo, el cambio era casi imperceptible. Y cada vez que otro conductor decidía en el último momento que tenía que cambiarse al carril por el que iba Micah, no cabía duda: él aminoraba la marcha y levantaba la mano izquierda en un cortés gesto que indicaba: «Usted primero». «¿Lo habéis visto? —se decían unos a otros los empleados del dios del tráfico—. Este hombre tiene unos modales impecables.»

Por lo menos así combatía algo del tedio.

Se incorporó a Tenleydale Road y aparcó en paralelo a la acera. Pero, justo cuando iba a recoger la bolsa, sonó el teléfono. Lo sacó del bolsillo y se subió las gafas a la frente para leer bien lo que ponía en la pantalla. CASSIA SLADE. Qué raro. Cass era su compañera (se negaba a llamar «novia» a alguien de treinta y muchos), pero no tenían por costumbre hablar a esa hora. Debería estar en el trabajo, sumergida hasta las rodillas entre alumnos de cuarto de primaria. Pulsó la tecla de respuesta.

—¿Qué pasa? —preguntó.

—Me van a echar.

—¿Qué?

—Me van a echar del piso.

Cass tenía una voz grave y armoniosa que Micah consideraba adecuada, pero que en ese instante traslucía un dejo de tirantez.

—¿Cómo es posible que te echen? —le preguntó—. El contrato de alquiler ni siquiera está a tu nombre.

—No, pero Nan ha venido a verme esta mañana sin previo aviso —contestó. Nan era la auténtica arrendataria. Ahora vivía con su novio en un bloque de pisos cerca del puerto, pero nunca había renunciado al apartamento, algo que Micah podía entender, aunque Cass no pudiera. (Siempre hay que dejar alguna vía de escape.)—. Llamó al timbre como si nada, sin avisar —insistió Cass—, así que no he tenido tiempo de esconder al gato.

—Ah, el gato —dijo Micah.

—Confiaba en que no asomara la cabeza. He intentado taparle la vista a Nan a toda costa y confiaba en que no quisiera pasar, pero me ha dicho: «Solo he venido para recoger mi... ¿Qué es eso?». Y resulta que estaba mirando detrás de mí hacia Bigotes, que espiaba desde la puerta de la cocina, sin inmutarse, cuando normalmente, ya sabes cómo es Bigotes, no soporta a los desconocidos. He tratado de decirle que no era mi intención tener un gato. Le he explicado que me lo encontré en la ventana de delante. Pero Nan me ha dicho: «Creo que no lo pillas; ya sabes que tengo una alergia mortal. Basta con que entre en una habitación que haya cruzado un gato un mes antes, basta con que encuentre un único pelo de gato, abandonado debajo de una alfombra, y yo... ¡Ay, Dios mío, ya noto que se me cierra la garganta!». Y entonces ha salido pitando al descansillo y me ha disuadido con la mano cuando he intentado seguirla. «¡Espera!», le he dicho. Pero me ha contestado: «Ya hablaremos», y ya sabes lo que significa eso.

—No, no sé lo que significa eso —contestó Micah—. No pasa nada, te llamará esta noche y te soltará un sermón, tú le pedirás disculpas y fin de la historia. Aunque supongo que tendrás que deshacerte de Bigotes.

—¡No puedo deshacerme de Bigotes! Ahora que ha empezado a sentirse como en casa...

Micah consideraba a Cass una mujer en esencia bastante sensata, pero aquel tema del gato lo desconcertaba.

—Mira —le advirtió—, te estás precipitando. Lo único que te ha dicho es que ya hablaréis.

—¿Y adónde voy a mudarme? —preguntó Cass.

—Nadie ha dicho nada de mudarse.

—De momento... —replicó ella.

—Bueno, espera hasta que Nan te lo diga para empezar a hacer las maletas, ¿me oyes?

—Y no es tan fácil encontrar un lugar en el que acepten mascotas —siguió Cass, como si él no hubiera dicho nada—. ¿Y si termino siendo una sintecho?

—Cass. Hay cientos de personas con mascotas que viven por todo Baltimore. Encontrarás otro piso, confía en mí.

Se produjo un silencio. Micah distinguió las voces infantiles al otro lado de la línea, pero sonaban lejanas. Cass debía de estar en el patio; Micah supuso que era la hora del recreo.

—¿Cass?

—Bueno, gracias por escucharme —dijo ella con brusquedad, y colgó.

Micah se quedó mirando la pantalla un instante antes de ponerse bien las gafas y guardar el móvil.

—¿Soy la gallina vieja más tonta de todas sus clientas? —le preguntó la señora Prescott.

—No, qué va —repuso él con sinceridad—. Ni siquiera está entre las diez primeras.

A Micah le hizo gracia que usara esa expresión, porque en realidad se parecía un poco a una gallina. Tenía la cabeza pequeña y redonda y un único montículo mullido que iba del pecho a la barriga por encima de unas piernas finas como palillos. Incluso dentro de su casa llevaba tacones, que conferían cierto aire ridículo a sus pasos.

Micah estaba sentado en el suelo, debajo del escritorio, que era un inmenso mueble antiguo de tapa corrediza con un espacio de trabajo sorprendentemente escaso. (Las personas ponían el ordenador en los lugares más rocambolescos. Era como si no

acabaran de captar que ya no escribían con pluma estilográfi-
ca.) Micah había desenchufado dos de los cables de la maraña
que había pegada al protector de sobretensión (un cable con la
etiqueta MÓDEM y otro con la etiqueta RÚTER, ambas palabras
escritas en mayúscula de su puño y letra) y estaba observando
la manecilla del segundero de su reloj de pulsera.

—Muy bien —dijo al fin.

Volvió a enchufar el cable del módem y miró de nuevo el
segundero.

—¿Sabe una cosa? Mi amiga Glynda... Creo que no la conoce —dijo la señora Prescott—, pero no paro de decirle que
debería ponerse en contacto con usted. ¡Tiene miedo del ordenador! Solo lo utiliza para mandar correos electrónicos. No quiere darle ninguna información al aparato, o eso dice. Yo le hablé
del librito que escribió usted.

—Ajá —dijo Micah.

Su libro se titulaba *Primero, enchúfalo*. Era uno de los títulos que más habían vendido de Woolcott Publishing, pero claro, Woolcott era una editorial estrictamente local y Micah no
tenía la esperanza de hacerse rico con aquel libro.

Enchufó de nuevo el cable del rúter y se dispuso a salir de
debajo del escritorio, tarea nada fácil.

—Esta es la parte más complicada de mi trabajo —le dijo
a la señora Prescott mientras se esforzaba por ponerse de rodillas.

Se agarró del escritorio para acabar de incorporarse.

—Bah, bobadas, es usted demasiado joven para decir esas
cosas —respondió la señora Prescott.

—¡Joven! Este año cumplo cuarenta y cuatro.

—Por eso mismo... —dijo la señora Prescott. Y añadió—:
Le conté a Glynda que a veces da clases, pero ella se empeña en

que seguro que se olvidaría de todo lo que le enseñara al cabo de dos minutos.

—Su amiga tiene razón —dijo Micah—. Es mejor que compre el libro y no se complique más.

—Pero las clases son mucho más... ¡Ay! ¡Mire!

La anciana observaba la pantalla del ordenador con las manos juntas bajo la barbilla.

—¡Amazon! —exclamó con voz emocionada.

—Ya. A ver, ¿se ha fijado en lo que he hecho?

—Bueno, eh... En realidad, no.

—He apagado el ordenador, he desenchufado el cable del módem, luego he desenchufado el del rúter. ¿Ve las etiquetas que les puse?

—Ay, señor Mortimer, ¡jamás me acordaré de todo!

—No se preocupe —contestó Micah.

Alargó la mano para coger el portapapeles que había dejado encima del escritorio de la anciana y se preparó para hacerle la factura.

—Estaba pensando en comprarle a mi nieta una muñeca afroamericana —dijo la señora Prescott—. ¿Qué le parece?

—¿Su nieta es afroamericana?

—¿Por qué lo pregunta? No.

—Entonces me parece que sería un poco raro —respondió Micah.

—¡Ay, señor Mortimer! ¡Confío en que no!

Micah arrancó la copia de la factura y se la entregó a la clienta.

—Me siento mal por cobrarle, teniendo en cuenta la ridiculez de trabajo que he hecho.

—¡Vamos, por favor! No hable así —dijo la anciana—. ¡Me ha salvado la vida! Debería pagarle el triple.

Y se fue a buscar el talonario de cheques.

El caso era que, tal como reflexionó Micah mientras volvía a casa, aunque le hubiera pagado el triple, apenas se ganaría la vida con su trabajo. Por otra parte, la actividad le gustaba y, al menos, era su propio jefe. No le gustaba demasiado que la gente fuera dándole órdenes.

En otro tiempo había habido muchas expectativas puestas en su futuro. Había sido el primero de su familia en ir a la universidad; su padre se dedicaba a podar árboles para la compañía de gas y electricidad de Baltimore y su madre servía mesas, igual que sus cuatro hermanas hasta el presente. Habían considerado a Micah su estrella de la buena suerte. Hasta que dejó de brillar. Para empezar, había tenido que aceptar toda clase de trabajos estrambóticos a fin de costearse la beca parcial, lo que había vuelto muy difícil seguir los estudios. Y, lo más importante: la universidad no era como se la imaginaba. Él pensaba que sería un lugar que le daría todas las respuestas, que le proporcionaría una única y sucinta Teoría de Todo para organizar su mundo, pero en cambio parecía una extensión del instituto: los mismos profesores delante de la clase repitiendo las mismas cosas una y otra vez, los mismos estudiantes bostezando o moviéndose inquietos o cuchicheando durante las clases. Perdió el entusiasmo. Avanzó a trompicones; cambió dos veces de asignaturas troncales; acabó estudiando ciencias de la computación, lo que, por lo menos, era algo concreto: algo sí o no, blanco o negro, tan lógico y ordenado como una partida de dominó. A mitad de su último curso (al que había tardado cinco años en llegar), abandonó la carrera para montar una empresa de informática con un compañero de clase que se llamaba Deuce Baldwin. Deuce puso el dinero y Micah, el cerebro pensante: en concreto, un programa que se había inventado para clasificar y archivar correos electrónicos. Ahora esa invención sería un dinosaurio, por supuesto. El mundo había avanzado. Pero en su momento había cubierto una necesidad real, así que fue una desgracia monumental cuando Deuce resultó ser imposible de tratar. ¡Niños ricos! Eran todos iguales. Se pasaban el día pavoneándose, actuaban como si tuvieran derecho a todo. Las cosas habían ido de mal en peor, hasta acabar siendo insostenibles, y Micah se había marchado. Ni siquiera pudo llevarse el programa consigo, porque no había tenido vista para registrarlo a su nombre y poder exigir derechos sobre él.

Aparcó en su plaza y apagó el motor. Su reloj marcaba las 11.47. «Impecable», murmuró el dios del tráfico. Micah había realizado todo el trayecto sin un solo desliz, sin una sola vacilación o rectificación.

En serio, le gustaba su vida. No tenía motivos para sentirse desdichado.

Un hombre necesitaba que eliminara los virus de su ordenador y una verdulería de toda la vida quería empezar a vender online. Entre un encargo y otro, Micah revisó un interruptor de pared que fallaba en el 1.º B. En el 1.º B vivía Yolanda Palma, una mujer de fachada espectacular que debía de rondar los cincuenta con una despampanante melena de pelo oscuro y una cara arrugada y triste.

—Bueno, ¿qué novedades hay en tu vida? —le preguntó mientras Micah comprobaba el voltaje.

La vecina siempre se comportaba como si fuesen viejos amigos, algo que no eran.

—Ah, no mucho, la verdad —contestó.

Aunque bien podría no haber respondido, pues la mujer ya había retomado la palabra.

—Yo ya he vuelto a las andadas. Me he dado de alta en otra aplicación de citas y ya estoy ahí de nuevo. Hay personas que nunca aprenden, digo yo.

—¿Y qué tal va la experiencia? —le preguntó Micah.

El interruptor estaba tan muerto como el remache de una puerta.

—Bueno, anoche conocí a un tío y fuimos a tomar una copa en Swallow at the Hollow. Es inspector inmobiliario. En su perfil ponía que medía uno noventa, pero ya sabes cómo funcionan esas cosas. Y no le iría mal perder unos cuantos kilos, aunque quién soy yo para decirlo, ¿verdad? Total, resulta que lleva divorciado tres semanas y media. ¡Tres semanas y media!, como si hubiera estado contando los días, y no para bien. Como si su divorcio hubiera sido una tragedia personal. Y, por supuesto, le faltó tiempo para empezar a contarme que su exmujer era tan preciosa que podría haber sido modelo. Que llevaba vestidos de la talla treinta y seis. Que no tenía ni un solo par de zapatos que no fuera de tacón de aguja y que, por eso, los tendones de los gemelos o yo qué sé se le habían acortado y ahora siempre tenía los dedos de los pies hacia arriba. Si por la noche iba descalza al cuarto de baño, tenía que caminar de puntillas. Lo contó como si fuera una cualidad atractiva, pero lo único que podía imaginarme yo era a una mujer con una especie de pezuñas, ¿sabes a qué me refiero?

—Tendré que ir a buscar un interruptor nuevo para arreglar esto —le dijo Micah.

La mujer estaba encendiendo un cigarrillo y tuvo que soltar el humo antes de responder.

—Vale —dijo Yolanda con indiferencia, y dejó caer el mechero en el bolsillo—. Así que nos tomamos una copa y luego le digo que será mejor que me vaya a casa. «¡A casa!», exclama.

Y me dice: «Yo pensaba que podríamos ir a la mía». Y alarga el brazo y me planta una mano en la rodilla y me mira a los ojos con intención. Le devuelvo la mirada. Me quedo helada. No digo ni una palabra. Al final, aparta la mano y dice: «Bueno, o igual no, supongo».

—Ja —dijo Micah.

Ya estaba recolocando la pieza del interruptor. Yolanda lo observó con mucha atención. Apartaba el humo con una mano cada vez que lo exhalaba.

—Esta noche es un dentista —le informó.

—¿Vas a intentarlo otra vez?

—Este nunca ha estado casado. No sé si eso es bueno o malo.

Micah se inclinó para guardar el destornillador en la caja de herramientas.

—Puede que tarde un par de días en ir a la ferretería —dijo.

—Aquí estaré.

Siempre estaba allí, o eso le parecía a él. No sabía qué hacía su vecina para ganarse la vida.

—¿Qué opinas? —le preguntó mientras lo acompañaba a la puerta.

Y le dirigió una sonrisa feroz y repentina que dejó al descubierto todos sus dientes, que eran grandes y de forma exageradamente cuadrada, como una doble fila de teclas de piano.

—¿Sobre qué? —preguntó Micah.

—¿Crees que un dentista daría su aprobación?

—Claro. —Aunque sospechaba que un dentista tendría algo que decir acerca de la afición a fumar de su vecina.

—Parecía muy simpático cuando me escribió —dijo ella.

Y de repente se le iluminó la cara, y sus facciones dejaron de parecer tan arrugadas.

Los lunes por la noche, Cass y él no solían quedar. Pero la última llamada que recibió aquel día fue de una consulta de podología que estaba pasada la circunvalación, y mientras conducía de regreso a casa después del servicio, se fijó en el cartel como garabateado en rojo y blanco a su izquierda, que señalaba su local favorito de carne a la barbacoa. Siguiendo un impulso, se metió en el aparcamiento y le mandó un mensaje a Cass. «¿Qué te parece si llevo algo de Andy Nelson para cenar?», le preguntó. Ella respondió al instante, lo cual significaba que ya debía de haber vuelto de trabajar. «¡Buena idea!». Así pues, Micah apagó el motor y entró a pedir.

Entre unas cosas y otras, ya pasaban de las cinco y tuvo que esperar en medio de una agobiante muchedumbre de obreros con monos de trabajo anchos y parejas jóvenes muy acarameladas, a las que se unían algunas mujeres superadísimas rodeadas de niños gritones. El olor a humo y vinagre le abrió el apetito; lo único que había comido era un sándwich de crema de cacahuete con pasas. Acabó pidiendo el doble de lo aconsejable: no solo costillas sino también berzas y patatas a la brasa y mazorcas de maíz de acompañamiento, en tal cantidad que llenó dos bolsas de plástico. Luego se pasó todo el trayecto de vuelta por la autovía atormentado por los olores que le llegaban desde el asiento trasero.

Era plena hora punta y la radio del coche advertía de las retenciones, pero Micah dejó volar la mente y apoyó las manos con tranquilidad en el volante. Le pareció que las colinas que veía a lo lejos estaban en proceso de oxidación. De la noche a la mañana, los árboles habían adoptado un difuso color anaranjado.

Cass vivía en una bocacalle de Harford Road en lo que podría confundirse con una casa unifamiliar, de tablones blancos cada vez más grisáceos y con un pequeño porche delantero. Sin embargo, en el lateral derecho del recibidor había un tramo de escalera que conducían al apartamento de su pareja, situado en la segunda planta. Al llegar al descansillo de su piso, Micah se cambió de mano una de las bolsas para llamar al timbre.

—Huele de maravilla —dijo Cass mientras lo invitaba a pasar.

Le cogió una de las bolsas y se dio la vuelta para encaminarse a la cocina.

—He tenido que ir a Cockeysville y ha sido casi como si el coche fuera solo al restaurante —le comentó Micah—. Aunque creo que he comprado demasiado.

Dejó la otra bolsa en la encimera y le dio un beso fugaz a Cass.

Ella todavía iba con la ropa de trabajo (una falda cualquiera, un jersey cualquiera, algo discreto y corriente que a Micah le parecía bien, pero en lo que en verdad no se fijaba). En general, le parecía bien el atuendo de su pareja, sinceramente. Era una mujer alta de movimientos lentos, pecho prominente y caderas anchas, con unas pantorrillas gruesas que salían de sus zapatillas negras de matrona. En el fondo, toda ella parecía una matrona, lo que en cierto modo excitaba a Micah. Daba la impresión de que hubieran dejado de atraerle las mujeres de aspecto juvenil. Cass tenía la cara ancha y apacible, y unos ojos de color verde grisáceo intenso, y el pelo trigueño le caía casi hasta los hombros, con una raya poco definida y un estilo natural. Mirarla le resultaba tranquilizador.

Ya había puesto la mesa y colocado un rollo de papel de cocina en el centro, porque unas meras servilletas no bastaban cuando se comían costillas a la barbacoa. Mientras ella abría las bolsas y sacaba la comida, Micah cogió dos latas de cerveza de la nevera. Le dio una a Cass y se sentó enfrente de ella con la otra en la mano.

—¿Qué tal te ha ido el día? —le preguntó Cass.

—Normal. ¿Y a ti?

—Bueno, aparte de que Nan se enterara de que tengo a Bigotes...

—Ah, vale —dijo Micah. Se había olvidado.

—Cuando he llegado del trabajo me había dejado un mensaje en el contestador y me insistía en que la llamara.

Micah aguardó. Cass se sirvió unas cuantas berzas y le pasó el recipiente.

—¿Y qué quería decirte? —preguntó al fin.

—Todavía no lo sé.

—¿No la has llamado?

Cass eligió tres costillas de la caja de poliestireno y apretó los labios de una manera que a Micah se le antojó obstinada. De repente tuvo una vaga idea del aspecto de su pareja cuando era niña.

—No tiene sentido posponerlo. Así no haces más que retrasar las cosas.

—Ya lo haré —dijo Cass, cortante.

Micah decidió no forzar las cosas. Se puso a morder una costilla.

Todo el tiempo que Cass pasaba despierta en su apartamento parecía ir acompañado de un tipo u otro de música, noticias o «algo» que llenara las ondas hertzianas. Por las mañanas era la emisora NPR; por las noches, la televisión, tanto si la estaba viendo como si no; y durante las comidas, un interminable hilo musical nada estridente fluía de un modo plácido desde la radio de la cocina. Micah, que valoraba mucho el silencio, lo habría apagado todo de buena gana un rato, pero entonces, poco a poco, fue tomando conciencia de una vaga sensación de irritabilidad difusa en el ambiente y finalmente se percató de lo que estaba oyendo. En ese momento dijo: «¿Podemos bajar el volumen un pelín?». Cass lo miró con resignación y alargó la mano para bajarlo. Él habría preferido que lo apagase sin más, pero supuso que era pedirle demasiado.

Cass y él llevaban juntos unos tres años y habían llegado a ese punto de la relación en que las cosas se habían más o menos asentado: habían cedido en lo que hacía falta, habían conciliado las incompatibilidades, sabían pasar por alto los defectos menores del otro. Podría decirse que habían desarrollado un sistema.

Hasta la mitad de la cena, Cass no volvió a sacar el tema de Nan.

—A ver, mira lo que tiene ella —dijo entonces. Al principio, Micah no estaba seguro de a qué se refería, pero al poco Cass añadió—: ¡Un enorme golden retriever! Bueno, vale, es el perro de su novio, pero aun así. Sería de esperar que comprendiera por qué no puedo desprenderme de Bigotes.

A Micah siempre le había parecido impropio de Cass ponerle a su gato un nombre tan cursi. ¿Por qué no uno más digno? ¿Por qué no Herman? ¿O George? Pero, por supuesto, nunca sacaba el tema.

—¿Dónde está Bigotes? —se le ocurrió preguntar.

Micah echó un vistazo por la cocina, pero no vio ni rastro del animal.

—Eso es lo más irónico —contestó Cass—. Ya sabes que siempre desaparece cuando tengo compañía. Ha sido mala pata que se le ocurriera asomar el hocico justo cuando Nan estaba en la puerta.

—Bueno, volviendo al meollo de la cuestión —dijo Micah—, ¿cuándo va a dejar Nan este piso y permitir que te lo alquilen a ti directamente? Hace siglos que está con ese tipo, desde antes de que tú y yo nos conociéramos.

—Buena pregunta —respondió Cass—. Otras personas se conocen, se enamoran, se van a vivir juntas, se casan. Pero parece que Nan se perdió esa clase.

Micah dejó que transcurriera un lapso prudencial y después preguntó qué había hecho Deemolay ese día: era el alumno más problemático y alborotador de Cass. Deemolay provocaba el caos en cuanto entraba en clase, pero claro, vivía en un coche con su abuela, y Micah sabía que Cass sentía debilidad por él.

Deemolay había apretado la esquina de una regla de plástico contra la espalda de Jennaya en la hora de la comida y le había dicho que era una navaja. Ese tema sí que era interesante...

Después de cenar, recogieron la mesa y apilaron los platos en la encimera, porque Cass no compartía la opinión de Micah de que era imprescindible fregarlo todo antes de salir de la cocina. Los platos de Cass eran de porcelana auténtica y todos sus cubiertos pertenecían a una misma cubertería, y tenía gran cantidad de artilugios superfluos, como un escurrelechugas y un estuche para los cuchillos. Y no solo eso, sino que además los muebles del comedor eran robustos y el sofá sumamente mullido, y todas las sábanas eran a juego, y las plantas y los adornos de cerámica estaban repartidos por numerosas mesitas. A Micah aquello le resultaba un poco claustrofóbico, pero al mismo tiempo lo fascinaba. Algunas veces le daba la impresión de que su apartamento no era propio de un adulto.

Se acomodaron en la sala de estar para ver las noticias vespertinas, se sentaron juntos en el sofá, uno a cada lado del gato, que por fin se había dignado hacer acto de presencia. Era un macho joven, negro y escuálido con unos bigotes largos y blancos que destacaban mucho, en efecto; se acurrucó entre ambos mientras ronroneaba con los ojos cerrados. La televisión tuvo que competir con la música que todavía sonaba en la cocina hasta que Micah se decidió a levantarse para apagar la radio. No sabía cómo soportaba Cass semejante flujo constante de sonido. Él tenía la sensación de que se le fracturaba el cerebro.

De haber sido por él, habría prescindido incluso de las noticias. A decir verdad, Micah ya había dado al país entero por perdido. Parecía que en los últimos tiempos todo iba de mal en peor y no creía que él pudiera hacer nada para remediarlo. Pero Cass era muy concienzuda e insistía en absorber todos los detalles deprimentes. Sentada con la espalda recta en la sala de estar, en penumbra, observaba la pantalla con mucha concentración; la luz del televisor se reflejaba en su contorno y en la curva de la garganta. A Micah le encantaba la curva de su garganta. Se acercó más a ella y le dio un beso en el pulso, justo debajo de la mandíbula, y ella inclinó la cabeza para apoyarla sobre la de él, un instante, pero sin apartar los ojos de la pantalla.

—El daño que le hacemos al planeta en un día tardará una década en revertirse —le dijo Cass—. Y hay daños que nunca podrán repararse.

—¿Por qué no me quedo a dormir esta noche? —murmuró Micah junto a su oído.

—Ya sabes que mañana tengo que ir al colegio —contestó Cass dándole unas palmaditas en la mano.

—Solo por una vez —insistió—, y prometo que me despertaré temprano y me largaré sin molestar.

Pero la respuesta de Cass fue:

—¿Micah? —El tono interrogativo implicaba que la propuesta le parecía muy poco razonable; Micah no tenía ni idea de por qué. Casi siempre accedía a que se quedase a dormir en su casa. Sin embargo, se apartó de él y dijo:

—Además, creía que hoy era cuando te tocaba sacar los cubos de la basura a la acera.

—Puedo hacerlo a primera hora de la mañana.

—¡Y todavía no he acabado de corregir los ejercicios! —añadió Cass.

Micah sabía cuándo había perdido una batalla. Suspiró.

—Vale, vale.

Y, en cuanto emitieron el siguiente anuncio, se levantó, dispuesto a marcharse.

—¿No quieres llevarte las sobras? —preguntó Cass mientras lo seguía hasta la puerta.

—Puedes quedártelas.

—Vaya, gracias.

—¡Eh! —dijo entonces Micah. Se dio la vuelta y la miró a la cara—. Si quieres, mañana podría preparar mi mundialmente famoso plato de chile con carne. Y podrías venir a cenar y traer el resto del pan de maíz.

—Ah, no sé...

—¡Chile con carne sobre pan de maíz! ¡Ñam! —dijo Micah para tentarla.

—Bueno, tal vez —respondió Cass—. Si no se hace tarde...

Y abrió la puerta para darle un beso de verdad, por fin. Luego se apartó para dejarlo salir.

En el trayecto de vuelta a casa, Micah tenía las calles casi para él solo, pero, a pesar de todo, respetó los límites de velocidad. No compartía la teoría de que la ley permite cierto margen de interpretación. Si cincuenta kilómetros por hora en realidad significase cincuenta y cinco, habrían puesto cincuenta y cinco en las señales, ¿o no?

—Cuánta razón tiene este hombre —comentó el dios del tráfico con aprobación.

Micah se dirigió al oeste por Northern Parkway. Dobló a la izquierda en York Road (antes puso el intermitente, por supuesto, aunque iba por un carril que solo permitía girar a la izquierda). En algún recoveco de la mente notó un leve cosquilleo de incomodidad. Le daba la impresión de que Cass se había mostrado menos afectuosa que de costumbre. ¿Desde cuándo le había importado si era el día de sacar los cubos de la basura? Pero Cass no era de los que se enojan por razones misteriosas, así que desechó ese pensamiento de inmediato. Se puso a silbar «Moonlight in Vermont», que era la última canción que había sonado en la radio de la cocina.

Conforme avanzaba por York Road, las tiendecillas y las cafeterías fueron volviéndose más familiares. La mayor parte de los comercios estaban cerrados a esa hora, con los carteles de neón apagados, y apenas eran visibles al anochecer. Giró a la izquierda por Roscoe Street y luego a la derecha, justo antes de la tienda de ropa de segunda mano, para entrar en el aparcamiento.

Cuando salió del coche, recogió la bolsa de herramientas del asiento del copiloto, despegó el cartel de TECNOERMITAÑO del techo del vehículo y dejó ambas cosas en el escalón más próximo a la puerta de su casa. Después empezó a trasladar los cubos de basura de todos los vecinos hasta el callejón. En el cubo del 2.º B (el del señor Lane) un largo tubo de cartón de un envío sobresalía por debajo de la tapa. ¡Algo de reciclaje el día de recogida de residuos generales! «*Oh là là, monsieur!* —exclamó Micah a modo de reproche—. Menuda *pogqueguía*», que era como pensaba que los franceses podrían pronunciar «porquería». Y negó con la cabeza mientras colocaba el cubo junto al del 2.º A.

Ay, algunas personas no tenían ni idea.

2

A primera hora de la mañana siguiente, cuando estaba ya muy próximo a despertar, Micah soñó que encontraba a un bebé en un pasillo del supermercado. Doblaba la esquina y allí estaba, sentado en el suelo con la espalda recta, delante de los cereales de desayuno, vestido solo con el pañal.

Se paró en seco y lo miró con atención. El bebé le devolvió la mirada, sonriente: de cara redonda, con las mejillas sonrosadas, un prototipo de bebé con el pelo suave, rubio y corto. No había ni rastro de adultos alrededor.

Micah recuperó la conciencia poco a poco, como si ese sueño tuviera varias capas. Abrió los ojos y parpadeó mirando el techo. Se preguntó qué debería haber hecho con el bebé. Supuso que llevarlo a objetos perdidos, aunque eso implicaría tomarlo en brazos, y temía que el chiquillo se pusiera a llorar. Entonces sus padres correrían al rescate y quizá llegaran a una conclusión equivocada: incluso podían acusarlo de secuestro. ¿Cómo los convencería de que no pretendía hacerle daño? Seguro que se metía en un aprieto.

Apagó el despertador justo antes de que se activara la radio y se levantó con esfuerzo de la cama, pero el bebé no se le fue de la cabeza. Micah no comprendía por qué parecía tan tranquilo. Tan expectante, incluso, como si estuviera seguro de que él iba a aparecer. Y cuando salió a correr, inhalando bocanadas de aire fresco, le asaltó el incongruente pensamiento de que si hubiera cogido al bebé en brazos en ese momento, sin duda lo habría sobresaltado al tocarle el torso desnudo con las manos frías.

Hizo una mueca y apretó el paso para librarse de los últimos coletazos del sueño.

A esas horas, las aceras estaban casi desiertas. Más tarde, los dueños de perros saldrían en tropel, igual que las madres que llevaban al colegio a sus hijos. La ruta de Micah era un óvalo largo que primero iba hacia el norte y luego hacia el oeste, y había una barbaridad de escuelas en la parte oeste.

Cuando Micah salía a correr nunca se ponía las gafas. Aborrecía la sensación de que rebotaran sin parar sobre el puente de la nariz, por eso prescindía de ellas. Aborrecía que se le empañaran cuando sudaba. Y era un fastidio, porque en los últimos años su visión de lejos había empeorado muchísimo. No era que estuviese quedándose ciego ni mucho menos; era solo que se iba haciendo viejo, como le había dicho su oftalmólogo con muy poco tacto. Por la noche, las líneas de los carriles en la calzada se volvían invisibles, y justo la semana anterior había pisoteado una araña negra que había resultado ser una hebra de hilo hecha una bola. Esa misma mañana, en el trecho de vuelta a casa, había cometido el típico error de imaginar por un segundo que una determinada boca de riego, descolorida hasta adoptar el color rosado de un florero de cerámica viejo, era un niño o un adulto muy bajo. Había algo en esa parte superior redondeada, que iba emergiendo poco a poco mientras él bajaba la colina hacia el cruce. ¡Vaya!, se sorprendía siempre. ¿Qué hacía ese pequeño pelirrojo en la calle, junto a la acera? Porque, aunque a esas alturas sabía perfectamente que no era más que una boca de riego, por un fugaz instante había vuelto a tener la misma ilusión óptica, como todas las mañanas sin excepción.

Una vez superado el asunto de la boca de riego, aflojó el ritmo y se puso a caminar, entre jadeos, llevándose las manos a la cintura para que le cupiera más aire en los pulmones. Dejó atrás la tienda de beneficencia y la de recambios de motor; dobló la esquina para entrar en su calle y pasó por delante del local donde vendían truchas, y luego tomó la acera resquebrajada y llena de hierbajos que conducía a su edificio. En el primer peldaño había sentado un joven con una americana de pana marrón oscura... O mejor dicho, era un muchacho, poco más que un adolescente.

—Hola —saludó a Micah mientras se levantaba.

—Hola —respondió Micah.

Se apartó ligeramente hacia la izquierda para esquivar al muchacho y subió los escalones.

—Eh —dijo el chico.

Micah se volvió y lo miró.

—¿Vive aquí? —le preguntó el chico.

—Ajá.

Micah se fijó en que era un niño rico. Guapo, de esa manera pulcra y privilegiada que tienen algunos. El pelo oscuro bien cortado que se adaptaba a la forma de su cráneo, el cuello de la camisa blanca levantado por encima de las solapas de la chaqueta, las mangas de la americana remangadas casi hasta los codos (un estilo que Micah consideraba afectado).

—¿Es usted el señor Mortimer? —preguntó el muchacho.

—Sí.

—¿El señor Micah Mortimer?

—Sí.

El chico alzó la barbilla.

—Soy Brink Adams.

Quién iba a imaginar que tendría un nombre como «Brink».

—Eh, bueno, hola —dijo Micah, no muy convencido.

—Brink Bartell Adams —concretó el chico.

¿Se suponía que eso tenía que decirle algo? Al parecer, el chico pensaba que sí.

—Encantado —dijo Micah.

—Soy el hijo de Lorna Bartell.

Micah dejó caer las manos, que aún tenía apoyadas en la cintura.

—Uau.

Brink asintió varias veces con la cabeza.

—¡Lorna Bartell! —exclamó Micah—. ¿Hablas en serio? ¿Y cómo está Lorna, por cierto?

—Bien.

—Bueno, qué sorpresa —dijo Micah—. No había pensado en Lorna desde... ¡Dios mío! ¿Qué es de su vida?

—Es abogada —respondió Brink.

—¿En serio? Eso sí que no me lo imaginaba.

—¿Por qué no? —preguntó Brink ladeando la cabeza—. ¿Qué se imaginaba que haría?

A decir verdad, Micah nunca se había planteado esa cuestión.

—Eh, no sé. La última vez que la vi estaba en segundo de carrera, si no me equivoco... Hacíamos juntos algunas asignaturas.

—No, en cuarto —dijo Brink.

En realidad, no era así, pero Micah no se molestó en corregirlo.

—Bueno, en cualquier caso, estoy casi seguro de que entonces todavía no había decidido a qué quería dedicarse —comentó.

Brink parecía seguir esperando algo más, pero Micah no sabía qué.

—¡En fin! ¿Vives cerca?

—No, solo pasaba por aquí —contestó Brink—. Se me ocurrió buscarlo.

—Vaya, eso es...

—¿Tiene tiempo para tomar un café o algo?

—Eh..., claro. ¿Quieres pasar?

—Gracias.

De haber estado solo, Micah habría abierto la puerta principal del edificio y habría bajado directo al sótano, pero eso habría implicado hacer pasar a Brink por el cuarto de la colada y la sala de las calderas, lo que en cierto modo le parecía inadecuado, aunque no habría sabido decir exactamente por qué. Bajó de nuevo los peldaños de la entrada y tomó un sendero lateral que rodeaba el aparcamiento, con Brink pisándole los talones.

—¿Dónde vive tu madre ahora?

Micah miró hacia atrás mientras descendían por la escalera exterior. Su voz reverberó un poco.

—Está en Washington.

—Vaya.

No recordaba de qué pueblo era Lorna, pero se trataba de una localidad pequeña de la parte oeste de Maryland, a la que siempre había dicho que volvería cuando acabase la universidad. Decía que necesitaba estar rodeada de montañas; le gustaba la forma en que suavizaban la transición entre el cielo y la tierra. Y ahora, ¡fíjate! Era abogada y vivía en Washington. Tenía un hijo que llevaba la americana remangada hasta los codos.

Micah abrió la puerta de atrás y se apartó para dejar que Brink pasara el primero.

—Te aviso de que me he quedado sin leche —dijo cuando entraron en la cocina.

—No pasa nada.

Micah señaló una de las sillas que había junto a la mesa de formica, y Brink la sacó y se sentó. Miraba la sala de estar contigua a la cocina abierta.

—Siento el desorden —dijo Micah—. Me gusta salir a correr a primera hora, en cuanto me levanto.

Y después le gustaba ducharse; ya notaba en la espalda la incómoda sensación que le provocaba el sudor seco. Pero sacó el café molido del armario y empezó a medirlo. Su cafetera era de esas antiguas eléctricas de filtro, la había encontrado en el piso al mudarse. El asa de cristal de la tapa estaba pegada con cinta adhesiva grisácea, lo que impedía ver el interior, pero aun así hacía un buen café. La llenó con agua del grifo y la enchufó.

—¿Con azúcar?

—Sí, por favor.

Micah colocó el azucarero encima de la mesa, junto con una cucharilla, y se sentó enfrente de Brink.

Entonces se fijó en que, en realidad, Brink sí podía ser el hijo de Lorna, aunque no lo habría adivinado ni en un millón de años si no se lo hubiera dicho el chico. Ese pelo oscuro (aunque el de ella era largo y abundante), y luego esos ojos, también oscuros y con el rabillo puntiagudo y muy marcado, igual que los de un ciervo. Aunque la boca no era como la de Lorna. Se le curvaba hacia arriba, con una hendidura en el centro, mientras que la de ella era más recta y tensa.

—Bueno —dijo Micah para romper el hielo—, así que tu madre es abogada. ¿Qué clase de abogada?

—Trabaja en una asesoría legal.

—Ah, muy bien.

En otras palabras, no era la abogada agresiva que había imaginado Micah. Tenía sentido. Su familia pertenecía a no sé qué iglesia fundamentalista y ella siempre había querido hacer el bien en el mundo. Pero eso no explicaba lo del hijo con aspecto de niño rico.

—¿Y tu padre? —preguntó.

—También es abogado. De empresa.

—Ah.

Micah tamborileó con los dedos en la mesa, abstraído. La cafetera borboteaba de fondo.

—Los dos están muy, no sé..., centrados en sus objetivos —dijo Brink—. No paran de preguntarme qué planes tengo. ¡Pero yo qué sé qué planes tengo! ¡No soy más que un alumno de primero en el Montrose College! Y hasta eso los ha decepcionado. Confiaban en que lograra entrar en Georgetown, donde estudió mi padre. Él es el peor: parece que no está satisfecho con nada de lo que hago.

—Qué duro —dijo Micah.

—Él y yo somos como la noche y el día —dijo Brink—. Yo me parezco más a usted.

—¿A mí? —preguntó Micah, confundido—. ¿Y qué sabes tú de cómo soy?

—Es de los que saltan de un trabajo a otro. No tiene una profesión seria y encarrilada. Por cierto, ¿le importa que lo tutee?

—Claro que no.

Fantástico: se había convertido en el modelo de los holgazanes.

—¿De dónde has sacado eso? —le preguntó a Brink.

—Me lo dijo mi madre.

¿Lorna le seguía la pista y sabía lo que hacía en la actualidad? Micah parpadeó un par de veces, perplejo.

—Un día encontré una foto en la que salías, en una caja de zapatos —aclaró Brink—, junto con otras de la época de la universidad. Mi madre y tú estabais de pie, bajo un cerezo, y la tenías cogida por la cintura. Así que le enseñé la foto y le pregunté: «¿Quién es?». Y me contestó: «Ah, es Micah. Micah Mortimer». Luego añadió que eras el amor de su vida.

—¿Te dijo eso? —preguntó Micah.

—Bueno, me dijo que eso pensaba ella en aquel momento.

—Ah.

—Le pregunté dónde estabas ahora y me dijo que lo último que sabía de ti era que te habías convertido en una especie de gurú de la informática y vivías en Baltimore. Se lo contó mi tía Marissa.

—Tu tía... Ah.

Debía de referirse a Marissa Baird, supuso Micah: la compañera de habitación de Lorna en la universidad.

—Mamá dijo que le daba la sensación de que tu carrera profesional era un tanto errática, así que no estaba segura de si todavía te dedicarías a eso.

La cafetera soltó su frenesí final de borboteos, lo que indicaba que el café estaba casi listo. Micah se levantó y fue a sacar dos tazas del armario superior. Esperó hasta que desaparecieron las burbujas, llenó las tazas y las llevó a la mesa.

—La tía Marissa sigue yendo a todos los encuentros de compañeros de la universidad —aclaró Brink—. Sabe dónde está todo el mundo.

—No me extraña —dijo Micah.

Deslizó el azucarero por la mesa para acercárselo a Brink.

—No me costó mucho encontrarte —le dijo el muchacho.

—No, ya me lo figuro.

—«Micah Mortimer, técnico informático.» Como esos carteles comerciales que aparecen en los wésterns, ¿no? ¡Qué guay!

—Gracias —dijo Micah de forma cortante.

Tomó un sorbo de café. Miró la franja de sol que se proyectaba en el suelo. La escasa luz que conseguía colarse por la ventana por encima del fregadero siempre llegaba con forma de línea horizontal.

—La pregunta es: ¿por qué querías encontrarme?

Brink, que removía el azúcar en la taza, se detuvo y alzó la mirada hacia Micah.

—Mira, ya te he dicho que no encajo en esa familia. Soy como... un marginado. Todos son tan... Yo me parezco más a ti.

—Pero si ni siquiera me conoces —insistió Micah.

—Pero los genes influyen, digo yo —contestó Brink, y lo miró con fijeza.

—¿Los genes?

Brink guardó silencio.

—No te entiendo —dijo Micah al fin.

—Creo que me entenderías si lo pensaras bien —dijo Brink.

—¿Disculpa?

Brink soltó un bufido exasperado.

—¿Es que te lo tengo que dibujar? —le preguntó a Micah—. Mi madre y tú... Hicisteis cosas..., ya sabes... Mi madre se quedó embarazada...

—¡¿Qué?!

Brink no apartó los ojos de él.

—Me extrañaría mucho que tu madre te hubiera dicho que yo tuve algo que ver —dijo Micah.

—Mi madre no me ha dicho nada. Nunca. Cada vez que le pregunto quién fue, me dice que es irrelevante.

—Irrelevante —repitió Micah. Le entraron ganas de reír, pero no quería parecer grosero—. Bueno, vamos a pensarlo con calma. Para empezar, ¿cuántos años tienes?

—Dieciocho —dijo Brink.

—Tienes dieciocho años. Y yo dejé la universidad hace más de veinte... Sí, hace más de veinte años. Cuando tú naciste, tu madre y yo ya no estábamos juntos, y hacía muchos meses que no nos veíamos. Además...

Además, Lorna y él nunca habían mantenido relaciones sexuales. Lorna llevaba un anillo de oro especial de su iglesia que significaba que se estaba «reservando», tal como decía ella, y Micah no había tratado de hacerla cambiar de opinión. En cierto modo, podría decirse que admiraba su firmeza. ¡Ay, gran parte del atractivo de Lorna había sido esa firmeza! Sin embargo, no le parecía una información que debiera compartir con su hijo.

Quien, por cierto, en ese momento lo miraba con cara de póquer. Era como si se le hubiera congelado la expresión.

—Bueno, eso... Espera, es imposible.

—¿Por qué? —preguntó Micah.

—Puedes contarme la verdad, ¿sabes? —dijo Brink—. No es que tenga pensado demandarte para que me pagues la manutención ni nada por el estilo. Ya tengo padre. Un padre que me adoptó legalmente, por cierto, cuando mamá y él se casaron. No espero nada de ti.

—Tal vez tu padre sea tu padre... —dijo Micah—. Tu padre biológico, quiero decir.

—No, mamá no lo conoció hasta que yo tenía dos años.

—Ah.

Brink parecía irritado. Era como si hubiera tomado la decisión consciente de enfadarse; de pronto apartó la taza de un manotazo. Unas gotas de café salpicaron la mesa.

—Fuiste tú. ¿Quién iba a ser si no?

—No sabría decirte —contestó Micah.

—Tú eras el único con pinta de novio que había en la caja de zapatos.

—Mira, ni siquiera sabía que se hubiera quedado embarazada. A quien tendrías que preguntarle es a ella.

Brink no dejaba de mirar a Micah.

—Ya se lo he preguntado un millón de veces. Siempre contesta que lo único que cuenta es que papá fue quien la ayudó a criarme.

—Y tiene razón —dijo Micah.

—Pero ¿y qué hay de mi herencia genética? ¿Qué pasa si necesito saber si hay alguna enfermedad que corra por las venas de mi familia?

—Bueno, si te sirve de consuelo, que yo sepa, no hay ninguna enfermedad extraña en mi familia —repuso Micah. Lo había dicho para aligerar la tensión del momento, pero viendo la expresión de Brink, no tardó en darse cuenta de que había cometido un error—. Era una broma. ¿Te sirvo más café?

Brink negó con la cabeza.

En ese instante sonó el móvil de Micah, que estaba en la encimera. Se levantó y echó un vistazo a la pantalla. Era un número desconocido. Desenchufó el teléfono del cargador y contestó.

—Tecnoermitaño, dígame.

—¿Es usted Micah Mortimer?

—Sí.

—Ay, gracias a Dios. Me ha costado horrores dar con su número. No creo que se acuerde de mí; me llamo Keith Wayne, y usted me ayudó hace unos años, cuando trabajaba para Computer-Master. Bueno, he dejado de recurrir a Computer-Master. Me he dado cuenta de que no tienen ni idea...

El hombre hizo una pausa, tal vez para dejar que Micah respondiera y le diese la razón. En realidad, Micah no estaba de acuerdo; Computer-Master era la primera empresa en la que había trabajado, y había aprendido muchísimo allí. Pero se había marchado porque el jefe era un capullo (de esos que empiezan las frases con un «Escúchame bien» o un «Mira, colega»), así que se quedó callado hasta que al final el señor Wayne retomó el hilo donde lo había dejado.

—Y ahora me encuentro en una situación de emergencia. He perdido absolutamente todo lo que tenía en el ordenador. Documentos, comprobantes de pagos de impuestos..., todo.

—¿Había hecho una copia de seguridad?

—Bueno, verá, sé que tendría que haber hecho una copia...

Micah suspiró y alargó la mano para coger la libreta que había junto a la tostadora.

—De acuerdo. ¿Puede darme su dirección?

El hombre vivía en Rodgers Forge. Micah le dijo que llegaría a las once. En su fuero interno, se alegró de tener una excusa para salir de casa.

—Lo siento, pero el cliente me espera —le dijo a Brink después de colgar.

Brink asintió con la cabeza y se puso en pie sin mirar a Micah a los ojos. Ya no parecía enfadado, solo abatido.

—Bueno, de todas formas, gracias por el café —dijo encaminándose a la puerta.

—Prueba a preguntarle a tu madre una vez más, ¿de acuerdo? —dijo Micah a sus espaldas.

Brink se limitó a levantar una mano y dejarla caer mientras seguía andando.

—¡Y dale recuerdos de mi parte! —añadió Micah, como un idiota.

Pero la puerta ya había empezado a cerrarse tras el chico con un clic discreto y concluyente.

Micah permaneció inmóvil un minuto entero antes de sacudir los hombros e ir a ducharse de una vez.

Al final resultó que los archivos del señor Wayne no se habían perdido, solo estaban ocultos. Micah los localizó en un abrir y cerrar de ojos, y el señor Wayne se mostró sumamente agradecido.

—Pero la próxima... —empezó a decir Micah muy serio, y el señor Wayne alzó las manos.

—¡Ya lo sé! ¡Ya lo sé! He aprendido la lección: a partir de ahora, siempre haré copias de seguridad.

Micah debería haberle preguntado cómo pensaba realizarlas. Lo más probable era que no lo supiera. Entonces Micah habría podido explicarle las distintas opciones y tal vez instalarle algo, lo cual habría añadido una cantidad considerable a la tarifa mínima que acababa de ganar. Pero no estaba de humor, no sabía por qué. Le daba la impresión de estar experimentando la incómoda sensación de haber dejado algo a medias, o de haberlo hecho mal, así que se limitó a decir:

—Bueno, ya tiene mi número por si me necesita.

Y escapó a toda prisa.

Era el chico, pensó mientras conducía por Charles Street. El tal Brink seguía en su cabeza. Saltaba a la vista que estaba atravesando algún tipo de crisis y, sin embargo, podía decirse que Micah lo había echado de casa. En retrospectiva, se sentía culpable por ello, en parte por Brink y en parte por Lorna, porque incluso después de tantos años seguía pensando en ella con cariño. O mejor dicho, había vuelto a pensar en ella con cariño, sí, eso era más acertado. (Su ruptura había sido muy desagradable, la había pillado besando a otro.) Pero, al fin y al cabo, ella había sido su primer amor verdadero. Micah no había tenido mucha experiencia con las chicas. Lo consideraban una especie de solterón.

Cuando se conocieron, él estaba en tercero y ella acababa de empezar la universidad; comía sola en la cafetería mientras que las demás chicas se sentaban en grupitos en las mesas que la rodeaban y no paraban de chillar y reírse. Su manto de pelo oscuro y su cara fina, sin rastro de maquillaje; su blusa de color pastel y la falda descolorida, que parecía haber pasado demasiadas veces por la lavadora... Todo indicaba cierto distanciamiento. Y al mismo tiempo, no había nada tímido ni humilde en ella. Parecía misteriosamente independiente. Micah colocó la bandeja en su mesa y le preguntó: «¿Te importa si me siento aquí?». Ella contestó: «Claro que no», sin un atisbo de sonrisa. Le gustó cómo ella se había blindado al verlo. Ni una sonrisa radiante ni un tono zalamero. Ella era quien era, y punto. Una purista, eso le había parecido a Micah. Se sintió intrigado.

Teniendo en cuenta su educación fundamentalista, no era de extrañar que hubiera decidido no interrumpir el embarazo. Lo extraño era que se hubiera quedado embarazada, eso para empezar. ¡Lorna Bartell, tan absolutamente segura de sus principios! Él nunca lo hubiera dicho.

La furgoneta que tenía delante aceleró para pasar el semáforo en ámbar, pero Micah estaba preparado y frenó con elegancia hasta parar de forma gradual. («¿Lo habéis visto? —se maravilló el dios del tráfico—. Ni la menor sacudida.»)

Lo que ocurre con las novias, reflexionó Micah, es que cada una de ellas te sustrae algo. Dices adiós al primer gran amor de tu vida y pasas al siguiente, pero te das cuenta de que tienes menos que ofrecerle a la segunda. Una brizna de ti se ha perdido; ya no estás tan presente en la nueva relación. Y otro poco menos en la siguiente, y todavía menos en la que llega a continuación. Después de Lorna había salido con Zara: exótica y dramática, aficionada a los tocados de tela *kente*. Y después de que Zara lo abandonase por un compañero bailarín, empezó con Adele, quien había resultado ser una apasionada defensora de los animales. Un día anunció que se iba a trabajar con los lobos grises en la zona salvaje de Montana. O tal vez fuera Wyoming. Ah, el historial de Micah con las mujeres no era muy bueno. Daba la impresión de que todas perdían el interés por él; no sabía decir por qué. Ahora estaba con Cass, por supuesto, claro que su relación no podía compararse con la que había vivido en los viejos tiempos con Lorna. Con Cass las cosas eran más... amortiguadas. Más discretas. Más tranquilas. Y desde luego, ni se le pasaba por la cabeza el matrimonio. Si Micah había aprendido algo de sus novias anteriores era que vivir con alguien a tiempo completo acababa siendo un desastre.

Se desvió por York Road para buscar un interruptor de pared en la ferretería Ace Hardware. De paso, ya que estaba allí, compró también unas barras de seguridad para el cuarto de baño del 3.º B. Después paró en Giant con intención de comprar todos los ingredientes necesarios para el chile con carne.

Mientras empujaba el carrito de la compra entre los productos enlatados, tuvo una especie de flashback de su sueño matutino. El bebé estaba plantado en un pasillo que se parecía mucho a aquel. Se mantenía sentado, con la espalda muy erguida, orgulloso, como suelen mostrarse los niños pequeños cuando acaban de aprender a sentarse. ¿De dónde demonios había salido ese sueño?

Algunos lo calificarían de profético, aunque Brink había dejado atrás la infancia hacía mucho.

Al llegar a casa, devolvió los cubos de basura vacíos a la parte posterior del edificio. Después fue al despacho y añadió el precio del interruptor y de las barras de seguridad a la lista de gastos que había pagado por adelantado en nombre del propietario del edificio. Salvo que en lugar de escribir «barras de seguridad» o «agarraderas» escribió «recambio del toallero», porque las barras que necesitaban los ancianos para entrar en la ducha eran artículos opcionales y, en teoría, deberían haber corrido a cargo de los inquilinos (en este caso, los Carter). Sin embargo, Luella Carter tenía cáncer y estaba debilitándose poco a poco, así que era más propensa a las caídas. Tampoco es que hubiera pedido unos chorros de jacuzzi o algo así, pensó Micah.

El señor Gerard, el propietario, tenía ochenta y tantos años y era bastante tacaño, pero ahora vivía en Florida y no interfería demasiado en la comunidad.

Después de comer, Micah recibió tres llamadas, una de ellas bastante entretenida. Un cliente quería que eliminara del portátil de su hijo adolescente numerosos archivos de porno y le instalara un programa de bloqueo de páginas web. A Micah le hicieron mucha gracia los nombres que el chico había dado a los archivos: «Producción de sorgo en los estados del Este», «Datos poblacionales de Dayton, Ohio»... Le recordaban a esos libros huecos diseñados para esconder objetos de valor, siempre con los títulos más aburridos del mundo estampados en el lomo para que los curiosos no se vieran tentados a abrirlos.

El padre del chico procedía de otro país, de alguna parte de Asia. Como muchos de los hombres que requerían los servicios de Micah, resultó ser de los que tenían ganas de hablar de tecnología mientras Micah trabajaba. Primero le preguntó por las diferencias entre las impresoras láser y las de inyección de tinta, y después sobre los problemas de privacidad que acarreaban los dispositivos inteligentes del hogar. Micah respondía con monosílabos. Prefería concentrarse en una única cosa. Pero daba igual; al señor Feng le gustaba hablar sin más.

Mientras Micah rellenaba los datos de la factura, el señor Feng le dijo:

—Una vez me ayudó con un problema de virus, cuando trabajaba en Compu-Clinic, ¿se acuerda? Ya sabía yo que me sonaba su cara.

—Ah, ¿sí? —repuso Micah.

—Ahora tiene su propia empresa, ¿verdad?

—Bueno, no sé si la llamaría «empresa», precisamente...

Micah arrancó la copia superior de la factura y se la entregó al señor Feng, quien la miró con los labios fruncidos.

—Creo que no se lo comentaré a mi hijo —le dijo a Micah—. Cuando llegue a casa y encienda el ordenador, seguro que se pregunta qué ha pasado, pero no se le ocurrirá preguntarme, ¿a que no? Y yo no pienso decir ni una palabra.

—Buena idea.

—A lo mejor cree que es cosa de Dios —dijo el señor Feng.

Ambos se echaron a reír.

Por desgracia, los otros dos trabajos no fueron tan interesantes. Instalar un sistema operativo nuevo; configurar una impresora nueva. Minucias que no ponían a prueba el cerebro de Micah.

El tío al que besó Lorna se llamaba Larry Edwards. No, Esmond. Llegó flotando hasta la mente de Micah mientras conducía de vuelta a casa después del servicio de la impresora. Larry Esmond era bajo y larguirucho, con una minúscula perilla castaña y descuidada que le salía del centro de la barbilla, casi como si le hubieran emplastado algo. Pertenecía al grupo de catequesis de Lorna. Una tarde de finales de otoño, Micah caminaba por el campus rumbo a la sala de informática y por casualidad vio a Lorna y a Larry sentados en un banco, debajo de un roble. Al principio pensó que Lorna estaba afligida por algo y Larry la consolaba, porque estaba sentada en una postura alicaída con la cabeza inclinada y hablaba en voz baja mirándose el regazo, y Larry tenía un brazo extendido en el respaldo del banco, por detrás de ella, y asentía con solemnidad al escucharla. Pero entonces levantó la mano que le quedaba libre para apartarle un mechón de pelo de la cara a Lorna y ella se volvió hacia él y se besaron.

Si hubiera sido una escena de una película (el novio engañado de pie, aturdido un momento antes de echar a andar a grandes zancadas, indignado; la chica que se incorpora de un brinco, sobresaltada; el imberbe amante que se pone de pie también y tartamudea excusas y lo niega todo), Micah habría soltado un suspiro de incredulidad. ¡Puro melodrama! Y nada que ver con su vida o con la de Lorna. Su novia era una persona tan fiel... A veces casi empalagosa; esa manera que tenía de colgarse de su brazo con las dos manos cuando paseaban, o cómo le pedía que lo dejara acompañarlo cada vez que Micah decía que había quedado con unos colegas para tomar una cerveza o que iba al gimnasio a tirar unas canastas.

Sin embargo, ahí estaban: Lorna y Larry.

Aun así, no creía que Larry fuese el padre de Brink. Había que tener demasiada imaginación para llegar a esa conclusión.

—Una cucharadita de chile en polvo, una cucharadita de sal, un cuarto de cucharadita de pimienta roja recién molida —dijo mientras lo medía todo y lo incorporaba en una cazuela. Siempre hablaba consigo mismo mientras cocinaba. Echó otro vistazo a la tarjeta viejísima y salpicada donde tenía escrita la receta—. Dos dientes de ajo, machacados —musitó en español. —Colocó los dos dientes de ajo en la tabla de cortar y los aplastó con la sartén de hierro fundido. Levantó la sartén y miró los pobres dientes de ajo. Luego miró la base de la sartén.

Alguien llamó a la puerta de atrás.

Al principio pensó que había sido en la de delante, porque era la que utilizaban los otros inquilinos: la que daba a la sala de estar y a la que se accedía desde dentro del edificio. Pero no, era un leve toc toc toc en la puerta más próxima al cuarto de la colada. Sonaba demasiado tímido para ser Cass. Dejó la sartén y fue a abrir la puerta. Allí se encontró a Brink, alternando el peso entre los talones y las puntas de los pies, nervioso, con las manos metidas hasta el fondo de los bolsillos. Estaba anocheciendo y hacía fresco, lo suficiente para que se hubiera bajado del todo las mangas de la americana.

—Hola —saludó a Micah.

—Eh, hola —le respondió él.

Brink siguió balanceándose.

—¿Qué te cuentas? —le preguntó Micah.

—Eh..., no gran cosa.

—¿Quieres pasar?

—Claro —dijo Brink.

Se limpió las suelas en el felpudo y siguió a Micah hasta la cocina.

—¿Has tenido un buen día? —le preguntó Micah.

—Pues sí. He encontrado una biblioteca.

—¿Una biblioteca?

—He ido a sentarme allí.

¿Se refería a que se había pasado todo el día sentado en la biblioteca? Micah no quería preguntar; si lo hacía, tal vez abriera alguna caja de los truenos en la que prefería no entrar. Señaló con la mano la mesa de la cocina.

—Siéntate si te apetece. ¿Quieres una cerveza? O tal vez..., no sé —dijo, porque se acordó de que Brink no tenía edad legal para beber.

Pero Brink respondió:

—Una cerveza estaría bien.

Y Micah no discutió con él. Sacó una Natty Boh de la nevera y se la tendió. Después se volvió hacia la encimera y rascó el ajo machacado de la sartén para despegarlo y echarlo a la cazuela del chile.

—Una cebolla, troceada —dijo.

La parte que menos le gustaba de todo el proceso.

A su espalda, oyó el siseo de la lata de cerveza al abrirse.

—He estado leyendo un libro sobre los Orioles —comentó Brink al cabo de un momento—. Madre mía, llevan mil años jugando.

—Ya lo creo —dijo Micah.

—Desde 1901, si cuentas cuando se llamaban los Brewers.

—¿Los Brewers de Milwaukee? —preguntó Micah.

—Exacto.

Micah se volvió para mirarlo. Brink estaba en equilibrio sobre las patas de atrás de la silla, sujetando la cerveza entre las manos.

—Pero entonces no debían de ser los Orioles —le dijo Micah.

—No, para eso hay que esperar hasta 1953.

—Ah.

Micah terminó de trocear la cebolla.

—Aunque su época de gloria fueron los años sesenta —apuntó Brink.

—¿En serio? —dijo Micah. Añadió la cebolla a la cazuela y removió bien. Ya empezaba a notar el característico olor del comino, que le recordaba al sudor rancio—. Se nota que te has documentado bien.

—Tenía tiempo de sobra —respondió el muchacho.

Micah esperó hasta que la carne de ternera picada se hubo dorado para volver a hablar. Entonces sacó una cerveza de la nevera y se sentó en la otra silla.

—¿Te apetecería quedarte a cenar? —se decidió a preguntarle al fin.

—¡Sería genial! —contestó Brink.

El joven dejó caer la silla hacia delante con un ruido seco.

—No es más que chile con carne —le dijo Micah—. Y mi pareja va a venir también. Cass.

—¡Me encantaría cenar chile con carne! ¡Y tengo muchas ganas de conocer a Cass!

—Bueno... —dijo Micah.

Brink lo miró con recelo.

—Bueno, ¿vas a contarme qué está pasando? —le preguntó Micah.

—¿Qué está pasando?

—Me refiero a que estáis en mitad del trimestre, ¿no? Que yo sepa, este mes no toca ninguna semana de vacaciones ni nada por el estilo.

—En realidad, no —reconoció Brink.

Micah abrió su lata de cerveza.

—Y además, ¿dónde está Montrose College? —Le dio apuro tener que preguntárselo, pero Brink no pareció ofenderse.

—Está en Virginia. Muy cerca de Washington D. C.

—¿Vives en alguna residencia? ¿O vas y vienes desde casa todos los días?

—Uf, no, por Dios. Estoy en una residencia. ¿Quién querría tener que desplazarse todos los días?

—Tienes razón —dijo Micah, y dio un sorbo de cerveza.

—Por cierto —dijo Brink—, supongo que no tendrás una cama libre en la que pueda echar una cabezada, ¿verdad?

—¿Aquí?

La pregunta pilló desprevenido a Micah.

—O incluso un sofá. Sí, ese sofá me bastaría —dijo Brink mientras echaba un vistazo a la sala de estar.

—Bueno... En realidad, sí tengo una especie de habitación de invitados.

—¡Genial! Porque empieza a ser tarde para pillar el tren.

Lo cierto era que aún no había empezado a anochecer siquiera. Había trenes hasta pasada la medianoche. Pero Micah no lo mencionó. Deslizó la silla hacia atrás y se levantó para remover el chile con carne.

—¿Tienes equipaje? —dijo por encima del siseo de la carne.

—No, es que... se me acaba de ocurrir.

Hubo un silencio. Al cabo de un rato, Micah dijo:

—Una lata de alubias, escurridas y secas.

—Huele que alimenta —dijo Brink.

—Debería cocinar las alubias en lugar de comprarlas ya hervidas, pero para eso tendría que haber empezado mucho antes.

—Las judías enlatadas me parecen perfectas —comentó Brink.

—Aunque salen más caras —dijo Micah.

—Ah.

Micah hincó el abrelatas en el borde de la lata y empezó a girarlo.

—¿Te gusta cocinar?

—No sé ni freír un huevo.

—Entendido.

Micah vertió las alubias en un colador y las aclaró con agua fría.

En la puerta de atrás se oyeron los característicos golpecitos de Cass: un rápido pam pam pam. Micah dejó el colador en el fregadero y fue a abrir.

—Eh, hola —la saludó.

—Hola —dijo Cass, y le entregó el pan de maíz que había sobrado, envuelto en film transparente.

Tenía las mejillas algo sonrosadas y emanaba un olor a limpio y a frío agradable. Desvió la mirada de Micah hacia Brink.

—Te presento a Brink Adams —le dijo Micah—. Hijo de una amiga de la facultad. Brink, esta es Cass Slade.

—Hola, Cass —dijo Brink.

Se dirigía a los desconocidos de esa manera desenfadada y demasiado segura tan propia de los niños ricos.

—Brink se ha tomado el día libre —le dijo Micah a Cass—. Estudia en Montrose College.

—¡En Montrose! Una de las profesoras de mi colegio estudió allí —comentó Cass.

Micah se sintió desproporcionadamente agradecido al oír su respuesta.

—¿Te apetece una cerveza? —le ofreció.

—Sí, por favor.

Cass se liberó de la parca y la colocó en el respaldo de la otra silla de la cocina. Luego se sentó.

—¿Te quedas a cenar con nosotros? —le preguntó a Brink.

—Pues sí —contestó el muchacho. Luego añadió—: Dormiré en la habitación de invitados.

—Ah...

Cass lanzó una mirada inquisitiva a Micah y este asintió mientras le tendía la lata de cerveza.

—Bueno —dijo Cass dirigiéndose a Brink al cabo de unos segundos de silencio—, te encantará el chile con carne de Micah.

—Huele muy bien.

Otra pausa.

—¡Bueno! —exclamó Micah al fin—. Voy a traer otra silla, ¿de acuerdo?

La tercera silla estaba en el despacho, junto al ordenador. Cuando entró con ella en la cocina, Brink estaba contándole a Cass la historia de los Orioles. Ella lo miraba con educado interés.

—¡No me digas! —exclamaba de vez en cuando. Y también dijo—: En realidad yo no nací en Baltimore. No sabía todas esas cosas.

—Uf, es que tienen una historia muy larga.

—¿Y también juegas al béisbol, Brink?

—No.

Cass esperó mirándolo con intención, pero Brink no dio más explicaciones.

Aunque sin duda Brink no era su hijo, Micah tuvo un pequeño atisbo de cómo se sentiría si tuviera un hijo: uno que había resultado ser una decepción. Un fiasco.

Pero Cass no se rendía con facilidad. Mientras Micah ponía la mesa y escurría la ensalada, ella continuaba insistiendo y preguntaba a Brink qué deporte practicaba (el lacrosse, por supuesto) y en qué tenía pensado especializarse (ni idea). Micah desenvolvió el pan de maíz y lo repartió en los tres platos. Puso una cucharada de chile con carne encima de cada tortita y lo espolvoreó con cheddar rallado; después se sentó junto a los demás.

Mientras cenaban, Cass pasó a preguntar por la familia de Brink. Este les contó que tenía un hermano y una hermana más pequeños. La hermana estaba en cuarto de primaria, algo que, como es natural, dio pie a Cass a hacerle muchas más preguntas. Esa noche se había recogido el pelo en una coleta alta (no era el peinado favorito de Micah; le gustaba más cuando se lo dejaba suelto) y parecía más próxima a la edad de Brink que a la de Micah. Cuando Brink le contó que su hermana era disléxica, Cass asintió con suma atención, con empatía, y la coleta empezó brincar. Micah no acababa de entender por qué se interesaba tanto por la vida de aquel chico. Le gustaba más cuando se mostraba más reservada. Mejor dicho, para ser sincero, le gustaba más cuando le prestaba atención a él.

Micah apartó la silla y se levantó para calentar agua con la que hacer las infusiones digestivas. No preguntó a Brink si quería una.

Una vez acababa la cena, se sentaron en hilera en el sofá cama del despacho de Micah y vieron las noticias vespertinas. El televisor tenía que compartir mesa con el ordenador, y quedaba a poco más de un metro de distancia del sofá, porque la habitación era muy estrecha.

—Aquí es donde vas a dormir —le dijo a Brink, dando unos golpecitos en el sofá cama.

—Me parece estupendo —contestó el chico.

Micah sentía una leve curiosidad por conocer la opinión política de Brink, pero este se pasó todo el tiempo en que hablaron los presentadores del informativo consultando el móvil. Micah miró de reojo a Cass, con la esperanza de intercambiar una sonrisa con ella, pero su pareja se mantuvo tozudamente concentrada en una fila de inmigrantes latinos a los que azuzaban para que entraran en una furgoneta.

Sin embargo, mucho antes de que terminasen las noticias, Cass estiró los brazos por encima de la cabeza, bostezó y dijo:

—Supongo que es hora de irme. Estoy molida. —Luego añadió—: Buenas noches, Brink.

El chico apartó la mirada del móvil.

—¿Eh? Ah, encantado de conocerte —contestó.

Micah esperó hasta quedarse a solas con Cass en la cocina para preguntarle:

—¿No quieres quedarte a dormir?

—No. Tienes compañía. —Recogió la parca que había colgado en el respaldo de la silla y se introdujo en ella encogiendo los hombros.

—Pero ¿qué más da? Eso no cambia nada. —La rodeó con los brazos por detrás y apoyó la cara contra su nuca, en ese hueco cálido que parecía diseñado especialmente para la punta de su nariz—. Confiaba en poder acurrucarme a tu lado —murmuró.

Pero Cass se deshizo de su abrazo y se dirigió a la puerta.

—Ni siquiera me has preguntado por Nan —le recriminó.

—¡Ah, Nan! Es verdad. ¿La has llamado?

—No —contestó Cass. Abrió la puerta y salió.

—¿No crees que deberías hablar con ella? —insistió Micah.

Su pareja se dio la vuelta y lo miró de un modo indescifrable.

—A lo mejor debería irme a vivir a un coche con Deemolay y su abuela.

—Mujer... —dijo Micah en broma—, ¿por qué ibas a vivir en el mismo vehículo que ellos cuando tienes tu propio coche?

Pero a Cass el comentario no le hizo ni pizca de gracia. Se limitó a cerrar la puerta al salir y lo dejó plantado en medio de la cocina.

Micah se quedó mirando la superficie desnuda de la puerta un instante y después se volvió y fue al despacho. Supuso que era el momento de sacar sábanas para Brink. En cuanto lo hiciera, se retiraría a su dormitorio. Por norma general, se quedaba sentado en el sofá un rato y jugaba al solitario con el móvil por las noches, pero ese día no. No podía hacerlo con público, por decirlo de alguna manera. Ese era el problema con los invitados: se apropiaban del espacio de una persona. Se colaban en todos los rincones.

La imagen del bebé en el supermercado volvió a asaltar su mente, ese niño que lo miraba tan expectante. No era la primera vez que pensaba que los sueños proféticos no tenían mucha utilidad si su significado solo se hacía patente en retrospectiva.

3

Al parecer, como buen adolescente, Brink tenía la clásica costumbre de dormir hasta tarde. Cuando a la mañana siguiente Micah salió a correr, la puerta del despacho estaba cerrada y no se oía nada. Así seguía cuando regresó a casa, y más tarde, al acabar de ducharse. Se debatía sobre qué era mejor hacer en caso de que tuviera que salir a atender a un cliente antes de que Brink se despertara. Imaginó que se iría de todos modos. No creía que el muchacho fuese un delincuente.

Mientras preparaba unos huevos revueltos, vio un teléfono móvil con una funda de la bandera estadounidense cerca de los fogones. Brink debía de haberse fijado en el cargador de Micah en algún momento de la velada anterior y habría tomado nota mental, para regresar a la cocina a enchufar el móvil al cargador cuando Micah se hubiese acostado. Verlo le provocó una incómoda sensación de invasión, aunque, por supuesto, no había nada particularmente íntimo en un cable y un cargador. Desechó ese pensamiento y sirvió los huevos en un plato.

Vaya, debería haber frito beicon. Micah sabía, al menos esa había sido su experiencia, que el olor de beicon frito funcionaba mejor que cualquier despertador.

¡Ding! El teléfono de Brink sonó. Un mensaje. Se oyó tanto que Micah miró una vez más hacia la puerta del despacho, pero ni por esas oyó movimiento. El teléfono repitió la señal dos minutos más tarde. Micah se sentó delante del plato de huevos revueltos.

La cafetera dejó de borbotear y Micah se levantó para servirse la primera taza de café del día. Mientras se acomodaba en la silla con la taza en la mano, el teléfono emitió otro ¡ding!

—Es muy misterioso —dijo en voz alta en español.

Añadió leche al café y esperó el recordatorio del teléfono.

Durante el desayuno oyó que entraban otros tres mensajes de texto. Así pues, cuando fue a llenar de agua el fregadero para sumergir los platos dentro, cogió el móvil y pulsó el botón de inicio. En la pantalla bloqueada apareció una ristra de mensajes que la llenó por entero. «Lo único que pido es que nos digas que estás vivo» y «Tu padre no quería decir eso» y «Brink, hablo en serio, ponte en contacto con nosotros AHORA MISMO» y...

Micah dejó el teléfono en la encimera.

—Vaya, parece que no es tan misterioso —dijo, y cerró el grifo.

Su teléfono se mantuvo tozudamente callado, así que después de recoger la cocina fue a buscar el cubo de herramientas que guardaba en el cuarto de la caldera y subió a la primera planta del edificio. Cogió las llaves por si acaso, pero cuando llamó al timbre del 1.º B, Yolanda abrió al instante. Llevaba su atuendo de deporte (pantalones anchos y una camiseta de los Ravens de Baltimore), y una vocecilla de pito entonaba desde su televisor «Arriba, dos, tres, cuatro; abajo, dos, tres, cuatro...».

—¿Llego en mal momento? —preguntó Micah.

—¡Oh, no, qué va! —respondió Yolanda—. Cualquier excusa para dejar de torturarme es buena.

La mujer cruzó el salón para apagar el televisor. El silencio repentino produjo un sonido agudo, casi de eco, en los oídos de Micah.

—¿Ya has salido a correr? —preguntó Yolanda a su vecino.

Micah había echado a andar por el pasillo hacia el armario empotrado.

—Sí, ya he salido —contestó.

El armario de Yolanda estaba abarrotado de prendas que podría decirse que le estallaron encima a Micah cuando lo abrió. Se hizo un hueco como pudo entre un amasijo de tejidos con un agobiante olor a perfume hasta llegar a la caja de los diferenciales de la luz que había en la pared, al fondo.

—¿Hacía mucho frío? —le preguntó Yolanda.

—Fresquillo —contestó él mientras resurgía de las profundidades del armario. —Regresó al salón y empezó a desatornillar el interruptor de pared.

—Vaya. Tendré que entrar el coche.

—A ver, no hacía frío frío —dijo Micah.

Hubo un silencio, durante el cual Yolanda observó cómo Micah desconectaba los cables del interruptor antiguo y sacaba el nuevo del cubo de herramientas. Al cabo de un rato, dijo:

—Bueno, ¿qué? ¿No me vas a preguntar por la cita con el dentista?

—Ah, sí, el dentista.

—Resulta que vive con su madre.

Micah soltó un bufido.

—Aunque no tiene por qué ser algo malo, necesariamente. Podría significar que es de buen corazón.

—Cierto —dijo Micah.

—Además, ¿cómo era? ¿Hay que casarse con un tipo que se lleve bien con su madre o con su padre?

—No sé, no había oído ninguna de las dos cosas —contestó Micah.

—Nunca me acuerdo. Pero, claro, nadie quiere salir con un tío que esté demasiado apegado a su madre.

—Desde luego que no.

Ya había conectado los cables del interruptor nuevo. Lo encastró en la pared y se inclinó para coger el embellecedor que había dejado en el suelo, junto al cubo de herramientas.

—Llamó tres veces a su madre durante la velada —dijo Yolanda pensativa.

—Oh, oh.

—La tercera vez, ella le dijo que estaba muy nerviosa porque oía unos ruidos en el jardín y quería que volviera a casa enseguida.

—¿Y qué hizo? ¿Volvió?

—Pues sí.

Micah ajustó el último tornillo y luego fue hasta el armario con la caja de diferenciales para volver a dar la luz. Cuando regresó, Yolanda lo esperaba haciendo pucheros y con los brazos cruzados sobre el pecho.

—Debes de pensar que soy una boba —le dijo.

—¿Qué?

—Seguro que crees que me engaño a mí misma.

Micah pulsó el interruptor y comprobó que la luz del techo se encendía.

—Bingo —dijo, satisfecho.

—¿De verdad crees que me engaño a mí misma?

—No, he dicho «bingo» porque el interruptor funciona.

—Ah.

Lo apagó. Yolanda tenía aspecto de esperar que añadiera algo.

—¿Por lo menos le pareció bien tu dentadura? —preguntó al fin.

Por un momento, dio la impresión de que su vecina no iba a contestar. Se limitó a escudriñarlo haciendo una mueca. Pero entonces dejó caer los brazos y respondió:

—No dijo nada al respecto. Bueno, gracias por venir a arreglar el interruptor.

—No hay de qué —contestó Micah antes de recoger las herramientas y marcharse.

Cuando estaba en mitad del tramo de escalera que daba al sótano, le sonó el teléfono y se detuvo para sacarlo del bolsillo. ADA BROCK. Su hermana mayor, el «aglutinante» de la familia, como la llamaban sus otras hermanas. Contestó.

—Hola, Ada.

—Hola, hermanito. ¿Qué tal estás?

—Bien.

—Oye, ¿sabes una cosa? No lo adivinarías ni en un millón de años.

—¿Qué?

—Joey va a casarse.

—¡¿Qué?!

Joey era el hijo menor de Ada: su «pequeñín», como decía siempre, aunque ya debía de tener veintitantos años. Todavía vivía en casa de sus padres (parecía un tema recurrente esa mañana), y Micah daba por hecho que era demasiado rechoncho, despistado e inútil incluso para tener una novia ocasional, así que mucho menos se imaginaba que fuera a casarse... Pero no.

—Por lo visto, la conoció en una verdulería hace meses, ¡meses!, pero no nos había dicho ni una palabra. ¿Recuerdas hace unas semanas, cuando se le ocurrió que podía estudiar gestión de alimentos?

—¿Gestión de alimentos?

—Y supongo que salen desde entonces, pero ¿acaso nos lo contó, eh? ¡Ni por asomo! Y anoche, mientras cenábamos, va y nos dice: «Lily y yo queremos casarnos; ¿podría cambiar mi cama individual por una doble?». «¿Lily?», le pregunté. «¿Quién es Lily?» Y él me dijo: «Es mi prometida». ¿Qué te parece, eh? «Ya me lo imagino, pero nunca nos la habías nombrado», le contesté. «Bueno, pues ahora ya lo sabéis», me dice. Don Avispado. A ver, ¿no crees que es típico de los chicos? Con las chicas, venga a hablar, hablar y hablar todo el día; Dios mío, me sabía hasta el color de la ropa interior de sus parejas, pero ahí tienes a Joey, que se saca de la manga a una persona totalmente extraña sin habernos dado ni una pista antes.

—¿Es rara?

—¿Qué? ¿A qué viene esa pregunta?

—Pero ¿no acabas de decir...?

—Me refiero a que no la conocemos de nada. ¿Me estás escuchando?

—Ah.

—Total, ¿te apetece venir a cenar mañana a casa? Tráete a Cass. Phil cocinará su famoso cerdo a la brasa.

—¿Quieres que vaya a cenar porque...?

—Para conocer a Lily, claro. Le dije a Joey que la invitara. Le dije: «Me niego a esperar hasta que tu novia camine por el pasillo de la iglesia para conocerla».

—¿También tendré que ir a la boda? —preguntó Micah.

No le gustaban las bodas; siempre le parecían muy bulliciosas.

—Por supuesto que tendrás que ir a la boda. Eres de la familia.

—Pero no tuve que ir a la de Nancy.

—Nancy no se ha casado.

—Ah, ¿no?

Micah tardó un momento en asimilarlo. Nancy tenía tres hijos.

—A las seis de la tarde —dijo Ada—. Ven con Cass, porque es muy hábil dando conversación a la gente. No tengo ni idea de cómo es esa chica y de repente voy a tener que convivir con ella.

—Bueno, vale —dijo Micah—. Pues nos vemos mañana, supongo.

—Nada de suponer —le dijo Ada.

Micah colgó, aunque lo más probable era que su hermana continuara hablando.

Cuando volvió a su apartamento, el teléfono de Brink seguía pitando en la encimera de la cocina. Se acercó a mirar. Acababa de llegarle otro mensaje: «Si no tengo noticias tuyas antes de...». Por primera vez, se fijó en que el icono de llamadas de la parte inferior de la pantalla tenía un «24» en rojo. Veinticuatro llamadas sin responder; santo Dios.

Desconectó el cargador y fue con el teléfono en la mano hasta la puerta del despacho. Una vez allí, dio tres golpes fuertes con los nudillos. Nada. El teléfono emitió otro ding. Micah llamó una vez más y luego abrió la puerta hacia un caos iluminado con luz tenue: la americana en un rebullón encima de la impresora, más ropa en el suelo, un zapato cerca de la mesa de trabajo y el otro junto al sofá cama, lo que a primera vista le pareció un mero revoltijo de sábanas. ¡¿No era asombroso hasta qué punto un adolescente sin pizca de equipaje era capaz de poner patas arriba una habitación?! Micah dio unas zancadas y dejó el teléfono junto a la silueta durmiente de Brink.

—Llama a tu madre.

Brink abrió los ojos y, sin enfocar la vista, se quedó mirando el teléfono, a un par de dedos de la nariz. Gruñó y se esforzó por incorporarse.

—¿Eh? —dijo.

Incluso después de dormir toda la noche, no se le había movido ni un pelo de su sitio, aunque en la mejilla llevaba marcados los pliegues de la almohada.

—Tu madre —insistió Micah—. Llámala.

—¿Para qué?

—Dile que estás bien.

—Buf —fue lo único que contestó Brink.

Micah esperó hasta que el chico puso los pies en el suelo y se sentó en el borde del sofá, parpadeando, para salir del cuarto.

En la cocina, hizo más café y colocó dos rebanadas de pan en la tostadora. Brink salió del despacho y caminó arrastrando los pies hacia el baño. Llevaba unos calzoncillos bóxer y una camiseta de manga corta. En menos de un minuto reapareció y se coló de nuevo en el despacho, mesándose el pelo con una mano. La puerta se cerró tras él.

Micah puso la mesa, haciendo mucho ruido con los platos, para que no pareciera que estaba espiando al muchacho. Aunque no es que hubiera mucho que oír. Si Brink de verdad había llamado a su madre, hablaba a propósito en voz baja. O si no (un pensamiento nuevo), había optado por escribir un mensaje. O había pasado olímpicamente de la directriz de Micah; siempre cabía esa posibilidad. En cualquier caso, al cabo de un rato salió, vestido casi por completo. Su camisa tenía más arrugas que el día anterior y no se la había metido por la cinturilla del pantalón, pero sí se había levantado el cuello a conciencia, igual que antes. Sacó una silla y se dejó caer en ella como un saco de patatas. Apoyó un codo en la mesa para aguantarse la cabeza con una mano.

A Micah le costaba recordarse tan joven, y hecho polvo después de dormir demasiado.

—¿La has llamado? —preguntó mientras llenaba la taza de Brink.

—Sí —contestó el muchacho. Levantó la cabeza y alargó la mano para coger el azúcar.

—¿Has hablado con ella?

—Sí.

Micah puso dos tostadas en el plato de Brink. Le acercó más la mermelada. Solo iba a ofrecerle tostadas y café para desayunar, y punto, porque, a decir verdad, ese asunto de la hospitalidad empezaba a quedarse anticuado.

Debería haberle bastado con saber que Lorna ya podía descansar tranquila, pero, en cierto modo, no era así. ¿Qué le había dicho Brink exactamente? ¿Habría mencionado a Micah? Y si lo había hecho, ¿qué le había contado? ¿Le había preguntado ella cómo estaba Micah? No, no creía; la llamada no había durado tanto. Y además, ¿por qué iba a preocuparse por él después de todos esos años?

Brink se puso tanta mermelada en la tostada que tuvo que levantarse el labio superior al dar el primer mordisco para no acabar con un bigote de mermelada. El gesto le dio un aire de perro gruñendo. Micah, que estaba apoyado contra la encimera, apartó la mirada.

Se oyó un timbre procedente del bolsillo de Brink. Era ese tipo de ring ring antiguo, de teléfono fijo, una elección extraña para un crío. Brink continuó masticando la tostada. El teléfono siguió sonando.

—¿No piensas contestar? —preguntó al fin Micah.

—No —dijo Brink.

El chico cogió la taza de café y tomó un sorbo. Mantenía la mirada baja, fija en la mesa. Tenía unas pestañas cortas y gruesas pero muy tupidas, como un pincel de artista.

Pensándolo bien, quizá Brink hubiera elegido ese tono para las llamadas de los adultos de su vida.

—Pero te has puesto en contacto con ella, ¿no? —preguntó Micah.

—Ya te he dicho que sí. ¿Qué pasa, no confías en mí?

Micah irguió la espalda.

—No la has llamado.

Brink suspiró con mucho teatro y miró hacia el techo.

—Oye —le dijo Micah—, no tengo ni idea de qué ha pasado, pero salta a la vista que tu madre está preocupada por ti. No te pasaría nada por decirle que estás bien, ¿no crees?

—¿Y tú qué sabes? —espetó Brink. La repentina carga de ira en su voz pilló desprevenido a Micah—. ¡Estoy harto de hacerlo todo mal siempre! ¡Se acabó! Creía que por lo menos tú entenderías mi punto de vista, pero no, claro... Desde el principio te has puesto de su parte, igual que los demás.

—Ni siquiera sé cuál es tu punto de vista —contestó Micah—. No me has contado absolutamente nada.

—Bueno, ¿acaso me has preguntado?

—Vale, te lo pregunto ahora, ¿vale?

Brink no contestó. Mantenía los puños apretados a cada lado del plato.

—De acuerdo —dijo Micah al final—. No puedo obligarte a hablar. No puedo obligarte a llamar a tu madre. Pero te aseguro que no pienso ser cómplice de esto. O la llamas ahora mismo, sin moverte de aquí, para que yo pueda oírte, o te marchas de esta casa.

—Perfecto, me voy —dijo Brink.

Pero se quedó sentado.

—Pues vete —insistió Micah.

A esas alturas, por supuesto, el teléfono de Brink había dejado de sonar. Se produjo una pausa y luego el muchacho arrastró la silla hacia atrás y se levantó. Se dio la vuelta y fue al despacho mientras Micah lo miraba, sin saber a qué atenerse. Al cabo de un instante reapareció con la americana sobre un hombro y sujeta con un dedo a modo de gancho y se encaminó a la puerta de atrás. La abrió y cruzó el umbral.

—Eh... —dijo Micah, que lo había seguido—. Bueno, ¿dónde tienes pensado ir?

Brink no contestó. La puerta se cerró tras él.

Micah se quedó de piedra.

Comprendió que había manejado fatal la situación. Pero aunque hubiera tenido una segunda oportunidad, no estaba seguro de si habría hecho las cosas de otro modo.

Un hombre de Guilford necesitaba que le eliminara unos virus de su ordenador. Una mujer que había leído el libro *Primero, enchúfalo* quería saber cuánto cobraría por darle unas clases, pero luego dijo que tendría que hablarlo con su marido. Otra mujer necesitaba ayuda para instalar el módem nuevo. Su proveedor, Comcast, le había jurado que podría hacerlo ella sola, «pero usted ya me entiende», añadió. «De acuerdo», dijo Micah, y resultó que incluso él tuvo que acabar llamando al teléfono de asistencia porque, al parecer, habían enviado una unidad reparada todavía asociada al antiguo propietario. Lo mantuvieron en espera casi veinte minutos, pero eso no se lo cargó a la clienta, porque no era culpa suya. Le dijo que había comprobado el correo mientras esperaba y, por tanto, no contabilizaba como tiempo facturable.

Después tuvo un hueco libre, que dedicó a hacer varias actividades. Quitó el polvo del piso (su tarea de los miércoles) y retiró las sábanas del sofá cama para meterlas en la lavadora. Rastrilló las hojas que se habían acumulado junto a las ventanas del sótano. Instaló las barras de seguridad en el baño de los Carter.

Por desgracia, los Carter vivían en la tercera planta y Luella estaba demasiado débil para subir y bajar escaleras. Su mundo había quedado reducido a cuatro habitaciones y poco más, y hacía tanto tiempo que Micah no la veía con otra ropa salvo la bata de estar por casa que ya no recordaba cuándo fue la última vez. En realidad, tampoco era tan vieja (ni siquiera debía de llegar a los sesenta), pero se notaba que había sido corpulenta en otra época y que había ido encogiendo. La mujer se acercó con esfuerzo al baño para hacer compañía a Micah mientras él trabajaba, y entre respiraciones entrecortadas y fatigosas, le dio una descripción bastante alegre de una visita reciente de sus amigas del grupo de labores.

—Hace siglos que nos conocemos —le dijo—. Somos seis en total, y no solo nos reunimos para tejer; de vez en cuando hacemos salidas. La primavera pasada fuimos a visitar una fábrica de encurtidos que hay junto al puerto, y cuando nos marchamos el encargado nos dio un frasco de pepinillos enanos a cada una. ¡Estaban deliciosos! También todos los años, por Halloween, vamos a un huerto de calabazas que hay en el condado de Baltimore y llevamos cosas para hacer un pícnic allí. ¡Tengo unas ganas! ¡Siempre nos reímos tanto que acabamos con agujetas! Ay, somos una panda de taradas, te lo aseguro. Este año tenemos pensado comprar unas calabazas pequeñas, del tamaño de una pelota de béisbol, porque mi amiga Mimi encontró una receta de crema de calabaza que se servía dentro de las propias calabazas vaciadas, ¡y eran tan monas! Parecían salidas de una revista.

Micah no imaginaba cómo la mujer podía tener esperanzas de ir de pícnic al campo, y mucho menos cocinar crema, pero le dijo:

—¿Me guardará un poco de crema, Luella?

Ella se echó a reír.

—Uy, ya veremos. Depende de cómo te portes...

En ese momento, Micah encendió el taladro, pero eso no impidió que la señora Carter continuara hablando. Cuando lo apagó, ella parecía encontrarse en mitad de una disertación sobre hierbas para infusión.

—Dicen que la manzanilla es lo mejor que hay para eso —dijo, y al principio Micah pensó que se refería a que era lo mejor para el cáncer, pero resultó que se refería al insomnio—. Se supone que si bebes una taza de manzanilla justo antes de ir a dormir, te quedas frita al instante. Así que le dije a Donnie: «Oye, prepárame una manzanilla esta noche y a ver qué tal funciona», porque estoy dispuesta a probar cualquier cosa, te lo aseguro. Lo que sea. ¡No dormir me vuelve loca! Me doy la vuelta hacia un lado, luego hacia el otro; recoloco las almohadas. Oigo roncar a Donnie como si nada, y me siento como si quisiera torturarme, como si me dijera: «¡Mírame! ¡Yo duermo como un lirón!». Pero ¿sabes qué?, esa hierba no me hizo nada de nada. Para empezar, no sabía mejor que el agua de fregar, y además, no tuvo ningún efecto. Me pasé toda la noche de ayer ahí tumbada, tumbada y ya está... Y Donnie roncando como una lancha motora. Te lo aseguro, empecé a enfadarme. Creo que nunca había estado tan furiosa. Al final alargo el brazo y le doy un puñetazo a Donnie en el hombro. «¡¿Qué pasa?!», me dice. Como sobresaltado, ¿sabes? «¡No lo soporto!», le digo. «¡Tengo que descansar, como sea! Y aquí estás tú, roncando como un cerdo. ¡Estoy tan enfadada que tengo ganas de... escupir!»

Daba la impresión de que su vecina no sabía qué era lo que de verdad la enfurecía, pero Micah no pensaba sacarla de su ignorancia.

—Ay, sí. No poder dormir es un tormento —se limitó a decir. Y, acto seguido, encendió de nuevo el taladro.

En esa ocasión, la señora Carter se mantuvo callada mientras él taladraba. Esperó hasta que lo hubo apagado para decir:

—Ayer mi médico me dijo, ¿sabes qué me dijo?: «Mira, Luella, ya sabe que esto es incurable, ¿verdad?». Y yo le contesté: «Sí, claro que lo sé».

Micah bajó el taladro y la miró a la cara.

—A ver, no es que esté enfadada con Dios, no es eso. Pero estoy enfadada.

—Bueno, claro, es normal —respondió Micah.

Sintió vergüenza de haber dado por hecho que la mujer no era consciente de lo que sufría.

Micah redactó un correo electrónico dirigido a todos los residentes del edificio, con copia al señor Gerard, como siempre, para demostrar que hacía su trabajo.

Queridos vecinos:

Una vez más me toca preparar la basura de reciclaje del edificio, y una vez más constato que no se han aplanado las cajas de cartón. Ahora mismo hay dos cajas de mensajería enormes que sobresalen con su forma tridimensional original. Con las etiquetas de la dirección todavía pegadas, por cierto, así que sé quiénes son los culpables.

Amigos, se trata de una norma municipal. No es una neura mía. El Departamento de Obras Públicas exige aplanar y romper las cajas antes de llevarlas a reciclar. Por favor, háganlo antes de las seis de la tarde, para que no tenga que llamar a mi sicario.

Agotadamente suyo,

MICAH

Le dio a «enviar» y ¡fiu!, allá fue el mensaje. Luego consultó la hora en la parte superior de la pantalla del ordenador. Las 16.45. A esas alturas Cass ya habría terminado de trabajar. Sacó el móvil y seleccionó su número.

—Hola, Micah —contestó.

—Hola. ¿Ya has llegado a casa?

—Acabo de entrar.

—Ah, qué bien —dijo Micah—. ¿Y qué? ¿Llamaste a Nan?

Había tomado nota mental de preguntárselo enseguida y así compensar el olvido de otras veces. Era consciente de que había tenido poco tacto con ese tema.

—No —respondió Cass—. Resulta que ha vuelto a llamarme ella.

—Ah, ¿sí?

—Me dijo que Richard y ella por fin habían fijado una fecha para la boda, lo que significa que va a dejar el piso.

—Estupendo —dijo Micah.

—Pues sí —comentó Cass.

Había un dejo seco en su voz que Micah no acababa de descifrar.

—Tienes intención de alquilarlo a tu nombre, ¿verdad?

—Sí, claro —contestó Cass, pero sin darle importancia, como si no hubiera pasado unos cuantos días obsesionada con el tema. Y añadió—: ¿Qué tal tu invitado?

—¿Brink? Ah, se ha marchado.

—¿Ya no se aloja en tu casa?

—No... De hecho, me siento un poco mal por él.

—¿Y por qué?

—Bueno, básicamente lo he echado.

—¡Lo has echado!

—Me dio la impresión de que podía, no sé, haberse escapado de casa o algo así. No quería decirle a su madre cuál era su paradero y me sentí como si el chico me estuviera metiendo en sus asuntos a la fuerza. Le he dicho que tenía que ponerse en contacto de inmediato con ella o irse de mi casa, una cosa o la otra. Así que se ha marchado.

—¿Y adónde ha ido?

—No tengo ni idea —respondió Micah—. ¡En fin! Ya hemos hablado bastante de él. Te llamo porque Ada nos ha invitado a cenar en su casa mañana por la noche. Toda la familia se reunirá para conocer a la chica con la que se ha comprometido Joey. ¿Podrás venir?

—Mmm..., creo que no, Micah —dijo Cass.

—¿Crees que no?

Cass se quedó callada un instante.

—En realidad —dijo al fin—, me estoy planteando si no sería buena idea que dejáramos de vernos.

Algo le golpeó en la zona cóncava situada justo por debajo de la caja torácica.

—¿Qué? ¿Por qué? —preguntó.

—¿Tú qué crees? Ahí estaba yo, a punto de perder el piso. Te llamo y te digo que igual me convierto en una sintecho. Pero ¿acaso me ofreciste un lugar donde quedarme?

—¿Querías quedarte aquí?

—Y no solo eso —dijo Cass sin perder la calma—. ¿Qué hiciste tú? Te faltó tiempo para invitar al primer desconocido que pasaba a que se alojara en la habitación de invitados.

—Vamos, por el amor de Dios —dijo Micah.

—Vale, igual fue algo inconsciente. Quizá no te paraste a preguntarte por qué lo habías hecho. Pero asúmelo, Micah: te aseguraste de organizarlo todo para me resultara muy complicado irme a vivir contigo.

—¡Nunca se me pasó por la cabeza tal cosa! ¡Ni siquiera sabía que querías que viviésemos juntos! ¿Esa es la causa de esto? ¿De repente se te ha ocurrido que deberíamos cambiar las reglas?

—No, Micah. Sé que tú eres tú.

—¿Y eso qué significa?

—Solo digo que tú eres tú y que tal vez no seas lo que necesito.

Micah no contestó.

—Supongo que entiendes por qué me lo he planteado, ¿no? —insistió Cass.

—Bueno, imagino que no vale la pena discutir si así es como te sientes.

Otro silencio.

—Bueno..., vale. Pues, entonces, adiós —dijo Cass. Y colgó.

Micah volvió a guardar el teléfono en el bolsillo y se quedó sentado sin hacer nada.

Esa noche, mientras llevaba la basura de reciclaje al callejón empezó a ponerse furioso. ¡Era injusto! No, él no había maquinado la visita de Brink, de forma consciente ni inconsciente. Además, ¿qué importaba si el cuarto de invitados estaba ocupado? Era de suponer que Cass habría dormido en la habitación de Micah, en su cama doble, igual que hacía siempre que se quedaba a pasar la noche.

Y si quería ir a vivir con él, ¿por qué no lo había dicho y punto? ¿Por qué se había apresurado tanto a cortar con él en cuanto había surgido la primera excusa? Tenía la impresión de que Cass no se lo había contado todo. No le había dado oportunidad de defenderse.

Detestaba que las mujeres esperaran que les leyeras el pensamiento.

Aplastó el contenido del cubo de reciclaje del 3.º B, del que sobresalían esos recipientes desechables de plástico transparente con forma de concha que el servicio de recogida de basuras prohibía tirar para reciclar.

Cómo se habían conocido Cass y él:

Una mañana de diciembre, años atrás, lo habían llamado para solicitar sus servicios técnicos. Un colegio concertado cerca de Harford Road, la escuela primaria Linchpin, tenía problemas con la conexión wifi en dos de las aulas, y una de esas clases era la de Cass.

Cuando la profesora le abrió la puerta, Micah se fijó en que era atractiva (casi tan alta como él, con una cara simpática y expresiva), pero lo que ocupaba su mente en ese momento era instalar el intensificador de señal que había comprado. Así pues, sin dilación, empezó a recorrer el perímetro del aula, deteniéndose de vez en cuando a consultar la señal que le salía en la aplicación del móvil. Mientras tanto, Cass (la señorita Slade) estaba en su mesa y comentaba algo con dos niños. O mejor dicho, los niños le comentaban algo. Cass se limitaba a escuchar con la cabeza ladeada, pensativa.

Al cabo de un rato, Micah la oyó decir:

—Bueno, comprendo lo que sentís. Pero creo que no habéis tenido en cuenta el punto de vista de los demás.

Después dio una única palmada y los dos chiquillos la miraron aturdidos.

—¡Niños y niñas! —dijo elevando la voz—. Escuchadme un momento, por favor.

Los demás alumnos, sentados en sus pupitres, dejaron de murmurar y levantaron la mirada.

—A Travis y a Conrad no les parece bien nuestra propuesta de ir a cantar villancicos. Opinan que la residencia de ancianos da miedo.

—Es que... huele raro... —aclaró uno de los dos, Travis o Conrad.

—Creen que huele mal —tradujo la profesora para el resto.

—Y las señoras mayores nos tocan todo el rato con esas manos huesudas que parecen garras.

—Cuando fuimos el año pasado, en tercero —dijo el otro niño—, una de ellas me dio un beso en la cara.

Hasta entonces, el resto de la clase había escuchado en silencio, pero al oír aquello, varios exclamaron:

—¡Puaj!

—Sin embargo —anunció Cass con su voz cantarina—, me gustaría que lo mirarais desde otro punto de vista. Algunas de esas personas solo ven a niños y a niñas una vez al año, en Navidad, cuando nuestra escuela va a cantarles villancicos.

Y además, muchos de los adultos a los que conocían ya no están. Sus padres se han ido, sus amigos se han ido, sus maridos o sus esposas se han ido... Mundos enteros han desaparecido para ellos. A menudo, incluso sus hermanos y hermanas faltan. Recuerdan algo que ocurrió cuando tenían, pongamos por caso, nueve años, la misma edad que tenéis vosotros ahora, pero no hay ninguna otra persona viva que también se acuerde de esa anécdota. ¿No os parece una experiencia dura? Os aseguro que vais a cantar en una sala llena de corazones rotos. Intentad pensar en eso antes de decidir que no queréis hacer el esfuerzo de ir.

Por ridículo que parezca, Micah se había sentido conmovido, aunque según su experiencia la mayor parte de los ancianos eran infatigablemente alegres. En contraste, los niños no parecieron sentir pena. Varios empezaron a quejarse.

—¡Pero si ni siquiera nos oyen! ¡Llevan esos aparatos para oír bien de color carne!

—¿Por qué iban a sentirse mejor viendo a unos niños que no conocen de nada?

Cass dio otra palmada.

—De acuerdo, ahora, bajad la voz, por favor —les pidió—. Si alguien de verdad no quiere ir, no hace falta que nos acompañe, ¿de acuerdo? Preguntaré a la señorita Knight si podéis pasar ese rato con ella en la biblioteca. ¿Quién prefiere eso? ¿Alguien se apunta? ¿Alguien?

Pero nadie se ofreció, ni siquiera Travis ni Conrad.

—Asunto zanjado —dijo Cass. Se dio la vuelta y cogió un libro de texto de la mesa—. Abrid por la página ochenta y seis, por favor.

Los chiquillos se pusieron a pasar páginas, y Travis y Conrad volvieron a sus asientos. Por su parte, Micah enchufó el intensificador de señal en una toma y esperó hasta que la luz anaranjada se encendió.

Cuando acabara, tendría que enseñar a Cass cómo funcionaba el aparato, claro está. Durante la siguiente pausa entre clases, mientras una niña se afanaba por resolver un problema de matemáticas en la pizarra, Micah hizo una seña con el dedo hacia Cass y esta se acercó a él.

—Mira —le dijo en voz baja—, esto de aquí es el nombre del intensificador de señal wifi, ¿lo ves? —Y lo señaló en la pantalla del móvil—. Tiene la misma contraseña que utilizabais antes, pero ahora el nombre lleva esta extensión.

Cass asintió con la cabeza, sin despegar los ojos de la pantalla. Olía a dentífrico.

—¿Te gusta el cine? —preguntó de repente Micah.

Ella lo miró con sorpresa.

—Lo pregunto porque se me ha ocurrido que a lo mejor te apetecería ir a ver una película conmigo al cine Charles —dijo. (El Charles solía programar títulos clásicos, no solo pelis románticas ni de tiros.)—. Bueno, a menos que estés casada o algo, claro.

—No —contestó Cass. En cuanto la palabra salió de su boca, Micah se resignó. Pero entonces, añadió—: No estoy casada.

Cass escrutó el rostro de Micah un instante. Parecía estar intentando decidir qué opinaba de él. Micah se irguió más y metió barriga.

—Y sí me gusta ir al cine. Bueno, claro, depende de la película.

—Ah, perfecto —contestó Micah. Y no pudo evitar sonreír.

Su charla a los alumnos era lo que lo había enamorado. «¡Una sala llena de corazones rotos!» Le gustaba esa frase.

Pero ahora, mira.

Ninguno de los dos incumplidores de las leyes del reciclaje había salido a aplastar las cajas de cartón. Ni Ed Allen, del 1.º A, ni el señor Lane, del 2.º B: los dos, unos delincuentes. Micah colocó la primera caja de lado en el suelo y la pisoteó con rabia. No abrió antes las solapas; se limitó a patearla hasta que se desmoronó. Pisotón, pisotón, pisotón.

4

Ada y su familia vivían en Hampden. En su manzana, las casas eran pequeñas y sencillas, pero estaban sumamente cuidadas, porque la mayor parte de sus habitantes eran carpinteros, fontaneros o similar, y tenían el listón muy alto. Sin embargo, por desgracia, las calles cercanas habían empezado a llenarse de restaurantes nuevos y modernos y tiendas cursis, lo que había generado un repentino problema de tráfico en todo el barrio. Micah tuvo que buscar un buen rato hasta encontrar aparcamiento, y acabó en un sitio cuestionable, en el que el guardabarros trasero sobresalía un pelín hacia un callejón. Por eso estaba algo distraído cuando llegó a casa de su hermana.

El jardín no era mucho más grande que dos felpudos, uno a cada lado del camino de acceso, y el marido de Ada lo cuidaba meticulosamente; estaba perfecto, con el césped cortado a ras como una mera pelusa y ni una sola hoja caída flotando en el bebedero de fibra de vidrio para pájaros. Pero Ada, igual que las demás hermanas de Micah, tenía una tolerancia infinita con el desorden. Antes de llegar a los peldaños de la entrada, Micah hubo de sortear una tabla de skate y un vaso infantil de asas, y el porche no solo estaba abarrotado de los clásicos cochecitos de bebé y triciclos, sino que también había unas botas de nieve del invierno anterior, una bolsa de papel llena de perchas y lo que parecía un plato del desayuno con medio pomelo estrujado.

En el vestíbulo (al que entró sin llamar; nadie llamaba jamás y, de todos modos, con tanto jaleo no lo habrían oído) había tantos pares de zapatillas de deporte apilados en el suelo que podría pensarse que era de esas casas en las que había que descalzarse al entrar, pero no era así. En el mueble de caoba de la entrada había una lámpara y un par de tijeras de podar, junto con un frasquito de esmalte de uñas. Sin duda, el comedor estaba igual de desordenado, aunque era imposible saberlo, porque rebosaba de gente de extremo a extremo. Sus hermanas gemelas, Liz y Norma (que no se parecían en nada: una flaca y la otra gorda), no paraban de cotillear sobre el nieto más pequeño de Ada; Kegger, el marido de Liz, hablaba por el móvil cerca de la ventana, y abarrotaban el sofá un montón de adolescentes que estaban viendo un partido de no sé qué en la pantalla plana gigante. Micah no distinguió a Joey ni a ninguna persona que pudiera ser su prometida, pero quizá se hubieran perdido entre la multitud. La impresión general, como siempre, era de bullicio: gente ruidosa, alegre, despeinada, vestida con colores estridentes, un perro ladrando, el bebé llorando, la televisión a todo volumen, boles de patatas fritas y salsas para untar ya atacadas sin piedad.

El marido de Ada fue el primero en percatarse de la llegada de Micah. Era un hombre corpulento con barba canosa y un delantal vaquero ajustado sobre la barriga redonda como una pelota de playa, y apareció en el umbral del comedor con una espátula de dos palmos de largo en la mano.

—¡Colega! —gritó—. ¡Ya era hora de que llegases!

Detrás de él apareció Ada, de complexión robusta y con los labios pintados de un color intenso bajo un pelo cardado y teñido de rojo; llevaba en una mano una copa magnum llena de chardonnay.

—Hola, hermanito —le dijo—. ¿Dónde está Cass?

—Eh..., tenía otro compromiso —contestó él.

—Bueno, mala suerte. ¿Quieres vino?

—Iré a buscar una cerveza. ¿Dónde están los tortolitos?

Ada se dio la vuelta para escudriñar entre la multitud.

—Joey debe de estar detrás. Pero..., ¡ay, Lily! ¡Ven aquí, cielo! —Hablaba con una joven pálida de pelo cobrizo en la que Micah no se había fijado—. Me gustaría presentarte a mi hermanito, Micah.

—Encantada —dijo Lily, y se acercó a él tendiéndole la mano con mucho protocolo, como si fuera una niña a la que han enseñado buenos modales.

—Lo mismo digo, Lily —repuso Micah.

La joven tenía la mano pequeña y muy fría. Llevaba unas gafas de ojo de gato con montura de plástico y numerosos complementos: pendientes largos, pasadores de estrás en el pelo, varias pulseras y un collar de cuentas de dos vueltas, además de un enorme broche oval, todo en el mismo tono de azul para que conjuntara con el elegante vestido, también azul. A Micah le dio la impresión de que era su primera salida con adultos.

—Lily trabaja en la verdulería Grocery Heaven —dijo Ada—. ¿Sabes cuál es? La que está en Belair Road.

—Ah, sí —dijo Micah.

—Rollo ecológico —dijo Phil con tono serio—. Productos hippies. Galletas integrales.

—¿Ha comprado allí alguna vez? —preguntó Lily a Micah.

—No, es que... me pilla un poco lejos.

—Bueno, por si se anima a ir algún día, estoy en el mostrador de Atención al Cliente.

—Entonces, ¿así conociste a Joey?

—Sí, Joey intentó trabajar una temporada en el sector, pero creo que la gestión de alimentos no es lo suyo.

—Me quedé en el puesto lo justo para invitar a Lily a una hamburguesa —dijo Joey, que se había materializado junto a ella. Le pasó el brazo por los hombros y preguntó a Micah—: ¿A que tengo buen gusto?

—Desde luego, eres un hombre con suerte —respondió Micah.

En ese momento pensó que Joey (con su cara rosada y rechoncha, en chándal y unas Crocs de color violeta) parecía vestido para una ocasión totalmente distinta de la fiesta para la que se había arreglado Lily. Aun así, la joven lo miraba con embeleso y dejó que la apretara contra su costado.

—Mi tío Micah es un experto en informática —le contó Joey—. Tiene una empresa propia y todo.

—Ay, Joey, ¡tú también podrías hacer eso, cariño! —exclamó Lily.

Eso implicaba que Joey seguía sin haber encontrado su vocación, lo que resultaba preocupante si estaba a punto de casarse, pensó Micah. Pero Joey sonrió con confianza y dijo:

—¡Claro! Podría hacer eso.

Alguien le plantó a Micah una cerveza fría en la mano: Suze, la menor de las hermanas y a la que se sentía más unido.

—¿No has venido con Cass? —le preguntó.

—Tenía cosas que hacer —respondió Micah. Y luego pensó que era mejor soltarlo cuanto antes—: En realidad, creo que hemos roto.

—¡Habéis roto! —exclamó Suze.

Las palabras cortaron el estruendo como un cuchillo. Por arte de magia, todos se quedaron callados y lo miraron.

—¡Pero nos encantaba Cass! —dijo Ada—. ¡Nunca vas a encontrar a nadie tan ideal para ti!

—Gracias, es un gran consuelo —dijo Micah.

—Vaya, yo quería que Lily la conociera —dijo Joey. Y luego se dirigió a Lily—: Te habría caído genial.

—Bueno, en fin —dijo Micah—, son cosas que pasan.

En la televisión, alguien anunciaba un cambio en el partido («Hawkins entra para sustituir a Kratowsky, que se ha lesionado»), pero todos los adolescentes del sofá miraban a Micah en lugar la pantalla. Una de ellas (Amy, la hija de Norma) dijo:

—¡Iba a ayudarme con la solicitud de la universidad!

—Ah, ¿ya vas a empezar la universidad? —le preguntó Micah.

No funcionó. Todo el mundo siguió mirándolo.

—¿No podrías intentar volver con ella? —preguntó Ada.

(A saber por qué daba por sentado que la ruptura había sido idea de Cass.)

—Dile que vas a cambiar de costumbres —le recomendó Phil.

—¿A cambiar qué costumbres? —preguntó Micah.

Al oírlo, todos se echaron a reír; Micah no sabía por qué. Lily tampoco, por supuesto. Lo miró a él y luego a los demás, y después otra vez a él.

—El tío Micah es un poco... tiquismiquis —le contó Joey.

—No soy tiquismiquis.

—¡¿Qué día es hoy, Micah?! —le preguntó el marido de Suze a gritos desde la puerta del vestíbulo.

Llevaba una niña pequeña a hombros, con la falda plisada de la chiquilla alrededor del cuello, como si fuera una gorguera isabelina.

—¿A qué te refieres con qué día es? Es jueves.

—¿Es el día de pasar la aspiradora? ¿O el día de quitar el polvo? ¿O el día de limpiar los zócalos con un bastoncillo?

—Vamos, Dave, déjalo en paz —intervino Suze.

—¡Pero si no le molesta! ¿Es el día de limpiar los cristales?

—Bueno —dijo Micah a regañadientes—, ya que lo preguntas, es el día de la cocina.

—¡El día de la cocina! ¡Ajá! ¿Tu cocina tiene un día propio?

—Sí.

—¿Y qué significa eso, exactamente?

—Por el amor de Dios, Dave —insistió Ada, que con instinto protector le pasó el brazo por la cintura de Micah.

—¿Qué? —dijo Dave—. Solo trato de entenderlo, nada más. ¿Qué diantres necesita limpieza en esa cocina? Todas las veces que la he visto se podía comer en el suelo.

—No he dicho que fuera el día de fregar el suelo —dijo Micah—. Es el día de la cocina, cuando limpio la encimera y los electrodomésticos y esas cosas. Y un armario a fondo cada vez.

—¿Solo uno?

—Sí, los hago por turnos.

Todos volvieron a reírse, y Micah frunció el entrecejo de un modo muy exagerado. No estaba seguro de por qué les seguía el juego cuando sacaban ese tema. (Incluso podría decirse que los alentaba.)

—No le hagas caso, Micah —dijo Suze—. Finjamos que mi marido tiene buenos modales. ¡Tomarle el pelo a un hombre cuando su novia lo ha dejado plantado! Ada, ¿aún no está lista la cena? ¡Vamos, todos a la mesa!

—Sí, todos al comedor —dijo Ada. Soltó a Micah y se dio la vuelta para ir la primera—. Cuando Robby necesitaba ayuda con la lectura —le contó a Lily—, Robby es mi nieto, el mayor de Nancy, Cass se ofreció enseguida a echarle una mano. Es maestra, ¿sabes? Estábamos preocupados por si Robby tenía dificultades de aprendizaje, ¡pero Cass fue tan paciente con él! Y, por lo visto, eso era lo único que necesitaba el chico. Ah, todos la teníamos en un pedestal.

Micah sintió una inesperada punzada de resentimiento. ¡Cass no era perfecta, por el amor de Dios! Si algo le molestaba, podría habérselo dicho sin rodeos en lugar de ir incubándolo en silencio. Y además, ¿no se suponía que su familia tenía que ponerse de su parte, eh?

El trinchero del comedor de Ada estaba repleto de comida: el cerdo a la parrilla de Phil, y macarrones con queso para los más pequeños y para las adolescentes vegetarianas, y ensalada verde y ensalada de patata, y calabaza salteada y judías tiernas de acompañamiento. (También había una linterna, un ejemplar de *People* y un jarrón con crisantemos marchitos, pero esa ya era otra cuestión.) La mesa en sí estaba vacía, salvo por una red de pimpón plegable que habían extendido en el centro hacía por lo menos un par de años y allí seguía: en todo caso el tiempo suficiente para que todo el mundo hubiera dejado de verla. No había sitios asignados, porque la costumbre era que los jóvenes y los niños comieran en la sala de estar mientras los adultos se apiñaban atolondradamente alrededor de la mesa del comedor en un batiburrillo de sillas, taburetes y bancos.

—Lily, cariño, ¿por qué no te sientas en la cabecera? Joey y tú, los dos —propuso Ada—. ¿Joey? ¿Dónde está Joey? ¡Vuelve aquí, Joey! —exclamó, porque Joey estaba siguiendo a los adolescentes a la sala de estar—. Tú al lado de Lily, ¿me oyes?

Micah cogió plato y cubiertos y se instaló en un lateral de la mesa, en el centro de una hilera de asientos por el momento vacíos. Colocó los cubiertos a su izquierda, pues la red de pimpón quedaba a su derecha.

—¿Cuándo es la boda? —preguntó a Lily.

—Bueno, yo había pensado en Navidad, pero Joey no quiere que coincida con otra fiesta.

—Lo que digo es que merecemos tomarnos dos períodos distintos de vacaciones —le explicó Joey a Micah—. Los días libres que tocan siempre por Navidad y los que nos corresponden por la boda.

—¿Días libres de qué? —preguntó Micah.

—¿Eh?

—¿Dónde trabajas ahora?

—Ah, no trabajo. Ahora estoy buscando —contestó Joey con entusiasmo—. Pero para Navidad seguro que ya trabajo.

—Si os casáis en Navidad, podríamos decorarlo todo en rojo y verde para la despedida de solteros —intervino Ada—. Yo me encargo de organizar la fiesta de despedida —le contó a Micah—, junto con las gemelas. Hoy en día las despedidas de solteros se hacen conjuntas, ¿lo sabías? Puedes venir también, si te apetece.

—Eh, ah...

—¿Te acuerdas, Ada? —gritó Suze desde la otra punta de la mesa—. ¿Te acuerdas de mi despedida?

Hubo risotadas generales y Ada sonrió.

—La temática fue el Cuatro de Julio —le contó a Lily—. Con bengalas en los jarrones y más bengalas en los pasteles. El caso es que una bengala aterrizó en uno de los salvamanteles y prendió un pequeño fuego de nada, y la alarma antiincendios se disparó y se presentaron los bomberos, ¡pero no nos dimos cuenta! Habíamos desconectado la alarma, creyendo que con eso bastaba. Pensábamos que los bomberos en realidad iban disfrazados y algunas de las chicas gritaron: «¡Quitáoslo! ¡Quitáoslo todo!» creyendo que eran *strippers* que tal vez había contratado alguno de los chicos, hasta que los bomberos dijeron: «Lo siento, señoras; lamentamos decepcionarlas...».

—Algo que nunca pasaría en una fiesta de despedida mixta —apuntó una de las nueras.

Lily parecía aliviada.

—La combinación de colores era patriótica, por supuesto —dijo Norma, perdiéndose en el recuerdo—. ¿A que sí, cielo? —añadió mirando a su marido, sentado en otra parte de la mesa—. En aquella época, Grant trabajaba de dependiente en Read —le dijo a Lily—. Nos hizo un precio especial por la decoración en rojo, blanco y azul.

—Y Liz apareció con pantalón corto, porque pensó que sería una barbacoa de las que se hacen para el Cuatro de Julio —continuó Ada—. ¡Pero no era una barbacoa! ¡Era una cena de gala! Un montón de chicas con vestidos de fiesta caminaban por la acera. Cuando Liz las vio, ¿a que no sabes qué hizo? Agarró la falda plisada de la bolsa de la tintorería que llevaba en el coche, se sujetó por delante y entró contoneándose en la fiesta, con la falda ondeando por delante y las piernas al aire por detrás.

Todas las mujeres chillaron eufóricas otra vez, y Lily, más contenida, sonrió.

—El cerdo te ha quedado estupendo, Phil. Buen trabajo —dijo Micah.

Se preguntó si le ofrecerían llevarse las sobras a casa.

—Gracias —dijo Phil—. He utilizado unos pinchos nuevos que venden ahora en Home Depot. No son baratos, que digamos: catorce noventa y ocho por una birria de...

El tema resultó interesante para los hombres, pero no para las mujeres, que se volvieron y comenzaron a charlar entre sí. Las cuatro hermanas (todas camareras desde siempre) se levantaron a la vez para brindar y alabar a los cocineros. Después se pasearon alrededor de la mesa con varias fuentes que habían cogido del trinchero.

—¿Chicos? —llamó una mirando hacia la sala de estar—. ¿Alguien necesita algo?

Un par de los pequeños entraron en el comedor con aire perezoso y se subieron al regazo de sus madres.

—Ay, ay, ay, creo que alguien no ha hecho siesta hoy... —le dijo una nuera a su marido por encima de la cabeza de un niño pequeño.

Mientras tanto, las hermanas preguntaban:

—¿A quién le apetece un panecillo?

Y:

—¿Alguien lo prefiere muy hecho?

Y unas pinzas muy largas asomaron por encima del hombro izquierdo de Micah para servirle otro trozo de cerdo en el plato.

A Micah siempre le había parecido de lo más natural que sus hermanas eligieran ser camareras. En los restaurantes reinaba el mismo ambiente de caos que prevalecía en sus casas, con aquel entrechocar de cazuelas y el tintineo de vasos y copas y gente que gritaba: «¡Marchando!» y «¡Cuidado con la cabeza!» y «¡Socorro! ¡Echadme un cable!». Un ambiente de campo de batalla, en resumidas cuentas.

Kegger, sentado enfrente de Micah, carraspeó.

—Bueno, Mikey.

Micah se echó sal en la carne.

—¿Mikey?

Micah cortó un pedazo de cerdo y lo pinchó con el tenedor.

—Kegger te está hablando, Micah —le dijo Ada.

Micah alzó la vista.

—Ah, ¿sí? —contestó—. Qué raro. No he oído mi nombre.

—Micah... —se corrigió Kegger.

—¿Sí, Kegger?

—Estoy pensando en cambiarme de ordenador. Me gustaría preguntarte algunas cosas.

En ese momento, los otros hombres se volvieron hacia Micah. Les encantaba hablar de tecnología. Era todavía más divertido que comparar rutas distintas para ir a un mismo sitio en coche.

—¿Me recomiendas que compre un Mac? Me lo estoy planteando. ¡Pero no sé ni jota de Macs! Ni siquiera qué modelo quiero.

—Puedo ayudarte a elegir —dijo Micah, y se metió el pedazo de carne en la boca.

—¿De verdad?

Micah empezó a masticar.

—¿Tienes un catálogo o algo así?

—Podemos quedar en la tienda Apple y te muestro las opciones —contestó Micah una vez que hubo tragado—. Eso es lo que hago con mis clientes.

—Sería estupendo —contestó Kegger—. Por supuesto, estoy dispuesto a pagarte por el tiempo invertido, ya lo sabes —añadió con poco convencimiento.

—Tranquilo —dijo Micah.

Hacía tiempo que se había resignado a ayudar gratis a los miembros de la familia. En cierto modo, lo apartaba del punto de mira. Hacía que los demás pensaran que, al fin y al cabo, no era tan rarito. Aunque aquel día no lo sacó del punto de mira por completo, porque justo cuando parecía que sus hermanas se habían olvidado del problema con Cass, Liz volvió a la carga.

—Una de las cosas por las que pensaba que Cass era ideal para ti —dijo mientras se acomodaba en su asiento— era que ella también es un pelín tiquismiquis.

—Es verdad —terció Ada—. Siempre le gustaba que el bolso fuera del mismo color exacto que sus zapatos.

—¿Y qué tiene eso de tiquismiquis? —preguntó Micah.

—¡Ajá! ¿Lo ves? La estás defendiendo.

—No la estoy...

—Además —dijo Liz—, casi nunca iba a ver a su hermano, que vivía en California, porque había tres horas de diferencia horaria y no soportaba cambiar sus pautas de sueño.

—Pues no entiendo cómo ha podido dejar plantado a Micah solo porque limpia la cocina todos los jueves... —añadió Ada.

—¡No me ha dejado por eso! —exclamó Micah.

—Entonces, ¿por qué ha sido?

Todos aguardaron su respuesta. Incluso los hombres parecían interesados.

—Bueno, no lo tengo del todo claro —contestó Micah—, pero creo que está enfadada porque dejé que el chaval durmiera en mi cuarto de invitados.

—¿Qué? ¿Qué chaval?

—El hijo de una antigua novia —aclaró Micah.

—¿Qué antigua novia?

—Eh... Seguro que todos os acordáis de Lorna.

—¿Lorna Bartell?

Micah no comprendía cómo era posible que sus hermanas memorizaran todos los detalles personales de todas las personas que habían conocido en su vida. ¿No liberaban espacio mental de vez en cuando, por ejemplo? Debía de hacer por lo menos veinte años que no veían a Lorna (y para colmo, a lo sumo la habrían visto un par de veces, cuando él la había llevado a casa de sus padres por Acción de Gracias, por ejemplo), pero las cuatro se envararon, y Suze dijo:

—¿Lorna, la que te puso los cuernos cuando ibas a la universidad? ¿Esa Lorna? ¿Cómo se atreve a pedirte que alojes a su hijo?

—Ella no me... ¡Uf! —exclamó Micah. Lamentaba haberla mencionado—. Lorna no sabía nada del tema. El chaval se saltó las clases o algo así, no sé, el caso es que necesitaba un sitio donde pasar la noche y le dije que sí. ¡Lorna no tenía ni idea! De hecho, no paró de mandarle mensajes al móvil para preguntarle dónde estaba.

Se hizo el silencio. Por una vez, sus hermanas parecieron quedarse sin palabras.

—Entonces... —dijo por fin Suze—. Entonces, a ver si lo he entendido bien. Cass rompió contigo porque le ofreciste la habitación de invitados al hijo de una exnovia con la que ya no te ves y con la que no has tenido contacto desde la universidad.

—No, fue porque le dejé la habitación de invitados a alguien, da igual a quién. Y punto. No tenía nada que ver con quién era la madre del muchacho.

—¿Te apuestas algo a que sí? —preguntó Liz.

—En serio, Cass ni siquiera sabía lo de su madre.

Lo escudriñaron con atención. Todas mostraban la misma expresión de duda.

—A ver, Cass creía que iba a quedarse sin piso —acabó por contarles Micah—. Resultó que no fue así, pero durante unos días estuvo convencida de que iban a echarla a la calle. Y, no me preguntéis cómo, se le metió en la cabeza que en cuanto me enteré, corrí a instalar a un chaval en la habitación de invitados para impedir que Cass se mudara a mi casa.

—Pero eso es absurdo —dijo Ada después de asimilar la información.

—Exacto. Ahora ya sabéis la historia —dijo Micah—. Admitió que, vale, quizá yo lo había hecho de manera inconsciente, pero aun así...

—Inconsciente. Odio esa palabra —dijo Phil a sus cuñados.

—Y toda esa cháchara de los psicólogos —coincidió Kegger.

—¡Y eso que solo se trataba del cuarto de invitados! —insistió Micah—. ¡Ella no iba a dormir allí! La habitación de invitados no tenía nada que ver con si podía instalarse o no en mi casa.

—No tiene ningún sentido —dijo Phil, e inclinó la silla hacia atrás.

—Además —dijo Micah—, ¿cómo explica Cass que echase al chaval a la mañana siguiente, eh? Si al final se hubiera quedado sin piso, habría podido venir a vivir conmigo, porque él se habría ido antes de que ella llegara. ¿Qué me decís a eso, eh? Que alguien me lo explique.

—¿Lo echaste? —preguntó Liz.

—Bueno, es una forma de hablar.

—¿Y por qué?

—Le dije que tenía que contarle a su madre dónde estaba. No paraba de llamarlo por teléfono y de dejarle mensajes, uno detrás de otro, porque quería asegurarse de que estaba bien. Me puso en una situación delicada. Yo no quería estar en medio. Así que, como no le dio la gana de hablar con ella, le pedí que se fuera.

—¡Ay, qué cruel! ¿A quién se le ocurre no querer hablar con su madre? —dijo Norma.

Ada se levantó para recoger la mesa y se colocó los platos escalonados a lo largo de todo el antebrazo de un modo muy profesional antes de dirigirse a la cocina, pero sus otras hermanas parecían demasiado traspuestas por la historia de Micah para ayudarla.

—Reconozco que Lorna Bartell siempre me pareció un poco... sosaina —le dijo Liz—. No te pegaba nada, desde luego. Pero aun así, merece saber dónde para su hijo.

—Bueno, Brink no opinaba lo mismo —respondió Micah—. Se levantó sin más y se marchó.

—¿Se llama Brink?

—Sí.

—¿Y juega al lacrosse? —preguntó Kegger.

—Pues sí.

Kegger asintió con la cabeza, en apariencia satisfecho.

—Pijo —le dijo a Phil—. Seguro que lleva zapatillas deportivas sin calcetines.

—En realidad, llevaba...

—Y entonces, ¿qué hiciste? —preguntó Ada a Micah en cuanto volvió de la cocina.

—¿Yo?

—¿Le contaste a su madre dónde estaba?

—Claro que no.

—¿Por qué no?

—Ni siquiera sé dónde está ahora mismo. Y además, no tendría la menor idea de cómo localizarla.

Ada le retiró el plato pero se quedó a su lado, pegada a su codo. Lo miró con el ceño fruncido.

—Estamos en la era moderna —le dijo.

—¿Qué tiene eso que ver?

—¿Vive aquí, en Baltimore?

—Ya que lo preguntas, no. Resulta que vive en Washington.

—¿Y? ¿Has buscado su número?

—¡No quiero llamarla! A estas alturas soy un completo desconocido.

—¿Cómo has dicho que se apellidaba? ¿Bartell? —preguntó Phil—. ¿Conserva el apellido de soltera? —Había sacado el teléfono móvil y estaba acribillándolo con el índice.

—Ya no hay nadie en el planeta que inscriba su número en una guía —le respondió Micah.

—¿Tiene Facebook?

—Si está en su sano juicio, confío en que no.

—No sé por qué dices eso —replicó Suze—. Si yo no tuviera Facebook, no sabría qué hace ni una sola de mis amigas del instituto.

—¿Te importa lo que hagan tus amigas del instituto? —preguntó Micah.

El hijo adolescente de Liz, Carl, que llevaba el brazo izquierdo escayolado, apareció en el umbral de la sala de estar.

—¿Cuándo llega el postre? —preguntó.

—Cuando todo el mundo haya recogido el plato de la sala y lo haya llevado a la cocina —respondió Liz.

—¿Y qué hay de postre?

—Un flan de aquí te espero.

—Ay, mamá... —El muchacho regresó a la sala de estar.

—¿Y esa escayola? —preguntó Micah, pero nadie respondió.

Ada volvió a la cocina con otra remesa de platos, y Phil, que seguía indagando con el móvil, preguntó:

—¿Por casualidad sabes de qué trabaja Lorna? Me ayudaría saber en qué empresa está.

—No tiene sentido que la llame para decirle que no sé dónde está su hijo —le dijo Micah.

—Por lo menos sabes que está vivo —intervino Liz—. Sabes que se ha escapado por voluntad propia. ¡Lorna podría pensar que lo han secuestrado! Uf, nadie merece pasar por ese mal trago, ni siquiera Lorna Bartell. Allí sentada, impotente, preguntándose si su niño estará muerto y tirado en una cuneta.

—No puede decirse que sea un niño —rectificó Micah. Y después, insistió—: ¿Por qué lleva Carl el brazo escayolado?

—Porque es imbécil —respondió Liz. Por fin se había levantado para recoger los platos y bandejas del trinchero. Se detuvo con una fuente apoyada contra la barriga y dijo—: Por lo visto, sus colegas y él decidieron llevar un colchón a la sala de juegos de otro chico. No sé qué relación tenían con el chico y su colchón de segunda mano, o mejor dicho, no quiero saberlo, pero es igual, el caso es que metieron el colchón en la parte de atrás de una camioneta que conducía el hermano mayor de uno de ellos, y todos los demás, incluido Carl, se apiñaron en un coche que iba justo detrás de la camioneta. Y de repente, el colchón se suelta, resbala de la furgoneta y se cae a la autopista y su coche se estampa de lleno contra el colchón, y entonces, no sé cómo, la verdad...

—Pierde tracción —añadió Carl, que había reaparecido en el umbral. Esta vez llevaba un plato en la mano—. Patina por la carretera encima del colchón, y luego Iggy, que es el que conducía nuestro coche, Iggy le da al pedal, y el coche, ¡bam!, acelera a tope y deja atrás el colchón, como si saliera propulsado. ¡Tendrías que haberlo visto, tío Micah!

—No, no tendría que haberlo visto, y tampoco tendría que haber sucedido. ¿A quién se le ocurre semejante tontería? —dijo Liz—. Suerte tienes de estar vivo para contarlo...

—Pero ¿eso qué tiene que ver con la escayola? —preguntó Micah.

—Bueno, íbamos tantos en el asiento de atrás que no había cinturones de seguridad para todos, ¿sabes?

—¡No quiero saberlo! —exclamó Liz—. ¡No quiero ni pensarlo! No quiero que vuelvas a mencionarlo en mi presencia nunca más, ¡jamás de los jamases! —Y, furiosa, se llevó la bandeja de restos.

—Vale, vale, mamá. ¡Ostras! —dijo Carl. Puso los ojos en blanco mirando a Micah y siguió a su madre con el plato en la mano.

—¡A otra cosa! —dijo Suze con tono alegre. Era la única hermana que no se había puesto a recoger. Se quedó sentada y dirigió una sonrisa radiante, de compromiso, hacia Lily, que estaba en el extremo de la mesa—. No sé qué pensarás de nosotros, Lily, con todas estas locas historias familiares.

Ah, claro: Lily. Parecían haberse olvidado de ella. Sin embargo, la joven le devolvió una sonrisa igual de animosa y dijo:

—No pasa nada. —Al ver que se convertía en el centro de atención, aunque fuese por un breve lapso, su cara adoptó un color rosa intenso—. Solo me preocupa no recordar los nombres de todos después.

—Hace falta tiempo —coincidió Dave—. Sobre todo para distinguir a las hermanas. ¿Quieres que te cuente el truco? El color de pelo. Ada, rojo de bote. Liz y Norma, rubio de bote, y Norma es la, eh..., la que no es flaca. Aquí, Suze... —Y sonrió a su esposa—, Suze lleva el pelo de su color natural. —Enfatizó mucho la pronunciación de «natural».

—No quiero perder el tiempo tiñéndome el pelo —le aclaró Suze a Lily—. Cuando empiezas, tienes que hacerlo siempre. ¿Por qué voy a pasarme la vida en la peluquería? Eso, por no hablar del dinero.

—Ay, te entiendo perfectamente —dijo Lily, y asintió con la cabeza de un modo muy exagerado.

No es que ella necesitara teñirse. A ojos de Micah, Lily tenía el pelo del mismo color que las virutas de madera.

—Y Micah, por supuesto, es el hermano... —continuó Dave con obstinación.

—Ah, de Micah ya me acuerdo —dijo Lily.

Todos rieron ante el comentario.

—¡Fíjate, cuñado! —le dijo Phil a Micah—. Eres una leyenda viva.

—¿Qué queréis que os diga? —preguntó Micah—. Supongo que destaco entre la multitud.

—No se lo tengas en cuenta a Micah —dijo Phil dirigiéndose a Lily—. Es el pequeñín de la familia. Ada y yo ya estábamos comprometidos cuando nació, incluso Suze estaba en secundaria, aunque, por supuesto, él siempre intenta comportarse como una persona mayor para compensar. Ya sabes, viejuno, antisocial y cascarrabias.

—Huy, es mucho menos antisocial que mi hermano —dijo Lily.

—¿Tienes un hermano? —le preguntó Suze.

—Sí, Raymond. Es dos años mayor que yo. Ha montado un negocio, vende inodoros portátiles, la empresa se llama Lavabos Viajeros, y no piensa en otra cosa. Ni novia, ni amigos... Aunque se gana bien la vida.

—Vaya, qué interesante —dijo Suze, pero con un tono tan lánguido que quedó claro que apenas la escuchaba.

Igual que la mayor parte de las familias, los Mortimer pensaban que la suya era más fascinante que la de los demás. En cierto modo, incluso Micah lo creía, aunque fingiera que no.

—¡Tachán! —exclamó Ada.

Estaba en el vano de la puerta de la cocina, con una fuente gigante de algo enterrado en nata montada. Las gemelas aparecieron detrás con platos de postre, y los adolescentes y los niños empezaron a desfilar desde la sala de estar.

—Phil, haz una foto —ordenó Ada, porque siempre estaba muy orgullosa de sus postres—. ¿Os habéis quedado con el tenedor?

Al parecer, nadie se había acordado de hacerlo. Mandaron a Norma a buscar limpios para todos.

—Además —le dijo Lily a Suze—, tengo que decir que a Raymond nunca se le ocurriría limpiar la cocina.

Suze se quedó confundida un instante. (Por norma general, en aquella familia las conversaciones no seguían un hilo ininterrumpido, sino que más bien brotaban aquí y allá, como si fueran géiseres, y no estaba acostumbrada a tener que prestar atención a un único tema.)

—Ah, sí. Tu hermano —dijo al cabo.

—Raymond ni siquiera sabe hacer la colada —continuó Lily—. Le lleva toda la ropa sucia a nuestra madre para que se la lave.

—Mientras que Micah, en cambio, hace la colada todos los lunes por la mañana, sin excepción, a las ocho y veinticinco —apuntó Dave.

Eso no era ni remotamente cierto, pero Micah lo dejó pasar, y se limitó a levantar la mano en señal de resignación cuando los demás chasquearon la lengua.

—Tú serías igual —le dijo a Dave— si te hubieras criado en una casa en la que el gato dormía en la parrilla.

—¡En la parrilla! —se maravilló Dave, aunque conocía a la familia desde la época en que los padres de Micah aún vivían y no debería haberse sorprendido.

—Y no teníamos mueble para la vajilla ni mueble para la comida, solo había muebles y punto —le dijo Micah a Lily—. Todo estaba embutido donde cabía o, si no, se quedaba en la encimera. Y se podía cenar a las cinco o a las ocho o no cenar. Y los platos sucios se acumulaban en el fregadero hasta que no quedaba ninguno limpio; por la mañana, había que lavar un bol usado para los cereales.

—Ay, sí, Micah tuvo una infancia tan dura... —murmuró Norma.

—Yo no he dicho que tuviera una infancia dura —dijo Micah—. Mi infancia estuvo bien. Mamá y papá eran maravillosos. Solo digo que cuando te crías en medio de semejante caos, juras que harás las cosas de otra manera cuando vivas por tu cuenta.

—Entonces, ¿qué pasa conmigo? —preguntó Ada mirando a Micah.

—¿Contigo?

Ada iba sirviendo cucharadas del postre en los platos. Se detuvo para lamerse la nata montada que se le había quedado en el pulgar antes de responder.

—Yo también me crie en el caos, ¿o no? Suze y las gemelas se criaron en el caos. Y ninguna somos una obsesas de la limpieza.

—Desde luego que no —dijo Micah.

(Los pétalos de los crisantemos marchitos seguían desperdigados en el trinchante. En el suelo, junto a la puerta de la cocina, había un cómic empapado, a saber por qué.)

—Hay niños que se crían en medio del desorden —insistió Ada— y dicen: «Cuando viva por mi cuenta, seré más limpio que nadie». Otros se crían en el caos y dicen: «Parece que la vida es un caos, y así son las cosas». No tiene nada que ver con la educación.

—Está en los genes —intervino Liz—. ¿Os acordáis de cómo era el abuelo Mortimer?

—¡Ay, sí! —dijo Norma asintiendo con la cabeza.

—Micah no llegó a conocerlo —le contó Liz a Lily—, pero por lo visto tiene los mismos genes que él. Era el único de los hermanos que se parecía a él. ¡Todo estaba igual en casa del abuelo! ¡Cada cosa en su sitio! El cajón de los calcetines parecía una caja de bombones, todos los pares enrollados y puestos de lado, según sus indicaciones. Leía el periódico en el orden correcto, empezando por la primera sección y luego siguiendo con la segunda, y al acabar lo doblaba con suma pulcritud. ¡Que Dios se apiadase de quien osara hojear el periódico antes que él! De profesión era pintor de carteles, y todas sus pinturas y las tintas chinas estaban clasificadas según el orden alfabético de los colores. Me acuerdo perfectamente de los de la A, porque, además de estar los primeros, eran los más numerosos. Albaricoque, amarillo, ámbar, anaranjado, añil... Ay, se me ha olvidado cuál iba después.

—¿Avellana? —sugirió Norma.

—¿Por qué os parece tan extraño? —preguntó Micah—. ¿De qué otro modo iba a ordenarlos?

—Yo confiaría en mi sentido común —dijo Liz—. Me preguntaría: «Azul... ¿Dónde está mi azul? Recuerdo que la última vez que lo usé fue para el cartel de SE ALQUILA que pinté ayer».

Micah se imaginaba a la perfección cómo sería la mesa de trabajo de Liz: las latas, los tubos y los frascos entremezclados con los pinceles rígidos por la pintura seca, tazas de café sucias, alguna factura del teléfono, una correa de perro y una galleta a medio comer.

—No me estoy refiriendo exactamente a si una persona es ordenada o desordenada —dijo Ada—. Se trata de si acepta o no las cosas tal como son. Lo que decimos los que sabemos aceptarlo es: «En definitiva, las cosas son así y punto».

—Bueno, pues yo a eso lo llamo ser derrotista —contestó Micah—. Porque ¿qué sentido tiene vivir si no intentas mejorar nada?

Ada se encogió de hombros y ofreció un plato de postre a uno de los niños.

—Ahí me has pillado.

Era costumbre que los hombres recogieran y fregaran después de las comidas familiares. Micah era el encargado de cargar el lavavajillas, porque tenía un sistema propio. Phil rascó la parrilla, y Dave y Grant acabaron de llevar las últimas cosas del comedor a la cocina. Kegger se limitó a merodear por ahí sin dar un palo al agua. En teoría, los hijos y los yernos también tenían que colaborar, pero eso ocasionaba semejante atasco que no tardaron en retirarse al patio de atrás, donde habían empezado a jugar al béisbol con una pelota hueca.

Sin embargo, cuando los hombres dieron por concluida la labor, a ojos de Micah la cocina estaba muy lejos de poder considerarse en un estado satisfactorio. Aún quedaban piezas de Lego y rotuladores fosforescentes y libretas en la encimera, y, por alguna razón, la puerta del horno se resistía a cerrarse.

Bueno, de acuerdo: intentaría aceptar las cosas tal como eran.

En la sala de estar se encontró con las mujeres repantigadas con aire exhausto. Se entretenían observando a un grupito de niños pequeños que montaban una pista de carreras encima de la alfombra. Una de las nueras se había dormido en el sillón reclinable, pero la niña que tenía en el regazo estaba muy despierta e hincaba los dientes en un mordedor de goma que tenía agarrado con ambas manos. Micah intentó llamar su atención moviendo los dedos. La bebé lo miró seria y continuó mordiendo.

—Siéntate —le dijo Ada—. Liz, apártate un poco y hazle sitio.

—Tranquila, creo que es hora de irme —dijo Micah.

—¿A qué viene tanta prisa? Todavía es pronto. ¿Quién te espera en casa?

—¡Ay, pobre! —exclamó Liz, y, como un resorte, las demás mujeres se irguieron, en posición de alerta—. ¿Quién te espera en casa? Nadie... ¡Un piso vacío! ¡Me parece fatal que Cass haya roto contigo!

—Bueno, qué le vamos a hacer —dijo Micah.

—¿No puedes intentar que entre en razón? —preguntó Suze—. ¿Pedirle que se lo replantee? Seguro que hay algo que puede hacerla cambiar de opinión.

—Sí, sí, ya lo pensaré... —dijo Micah para zanjar la conversación—. En fin, gracias, Ada. La comida estaba riquísima. Dile a Lily que me ha encantado conocerla. Y Liz, dile a Kegger que me dé un toque cuando esté listo para ir a ver ordenadores. —Mientras hablaba se dirigió al vestíbulo, con cuidado de no pisar las piezas de la pista de carreras de los pequeños.

—¿Ayudaría en algo que yo llamara a Cass? —preguntó Suze a su espalda.

—¡No querrás acabar como un solterón amargado! —exclamó Norma.

Cuando salió por la puerta principal, se encontró con un atardecer fresco y que olía a humo, en el que solo se oían sonidos distantes. Irguió la espalda e inhaló una larga y honda bocanada de aire.

Quería mucho a su familia, pero a veces lo sacaban de quicio.

En el coche, de camino a casa, oyó el ¡ding! de un mensaje de texto entrante. Aun así, no miró el móvil mientras conducía, por supuesto. Continuó rumbo al este unas cuantas manzanas más, giró a la izquierda... Y luego fue frenando gradualmente hasta que el coche llegó casi a punto muerto.

No podía tratarse de un miembro de la familia. Y a esas horas, tampoco de un cliente.

En cuanto vio un hueco libre, se apartó de la calzada y aparcó junto a la acera. Cuando por fin hubo estacionado, sacó el teléfono del bolsillo. («Bien hecho», comentó el dios del tráfico.) Se subió las gafas hasta la frente para ver mejor la pantalla, pero solo era un mensaje de la compañía de teléfono, para confirmar que había recibido el pago mensual.

De verdad, debería estar prohibido mandar mensajes comerciales después de la jornada laboral.

Se quedó sentado, alicaído, un momento más largo de lo habitual antes de guardar de nuevo el móvil y bajarse las gafas para reincorporarse a la carretera.

De vuelta en el piso (su «piso vacío», como le había recordado Liz tan gentilmente), se dedicó a encender las luces de la cocina, la sala de estar y el despacho. Se sentó al escritorio para consultar el correo electrónico, pero lo único que encontró fue otra confirmación de que había llegado el pago de la factura de teléfono del mes, por si no bastaba con el mensaje de texto.

Deslizó la silla hacia atrás y se dispuso a levantarse, pero entonces se detuvo.

Llevaba todo el día con la sensación de un dolor latente a la altura del esternón. Tenía la impresión de ser culpable en algún sentido. A decir verdad, en muchos sentidos. Culpable de que Cass lo abandonara, de haber mandado a Brink vete a saber adónde... Y las hermanas de Micah tenían razón: era cruel permitir que Lorna siguiera preguntándose si Brink estaría muerto y tirado en alguna cuneta.

Volvió a deslizar la silla hacia delante y entró en internet.

Encontrarla resultó sorprendentemente fácil. Primero, localizó la asesoría legal de Washington D. C. Después clicó en «Personal», donde le apareció una lista de abogados. No había ninguna Lorna Bartell, pero sí encontró a una tal Lorna B. Adams. Bastó con clicar en el nombre y allí estaba: una mujer de pelo moreno en una foto de cabeza y hombros, con gafas de montura de pasta (¡gafas!) y una blusa almidonada de cuello blanco. La reconoció solo porque andaba buscándola. No lo habría hecho si se hubiera cruzado con ella en la calle por casualidad. Junto a su fotografía, un párrafo describía el área de especialización (derecho de familia), su formación y su experiencia laboral previa. A continuación había un número de teléfono, otro de fax y una dirección de correo electrónico.

Eligió la dirección de correo. Como suponía que primero leería el mensaje una secretaria, escribió uno breve y aséptico.

«Hola, Lorna. ¿Qué tal? Soy Micah, de tus años de universidad. He pensado que te gustaría saber que me encontré con Brink hace poco. Un buen chico, parecía que estaba bien. M.»

Lo mandó, oyó el silbido habitual, apartó una vez más la silla y se incorporó.

En teoría, debería haberse sentido mejor después de enviar el mensaje, pero el dolor persistió.

5

El viernes empezó con el suelo cubierto de escarcha, algo poco común en octubre. De hecho, cuando Micah salió a correr, dio por sentado que la hierba blanquecina era otro efecto óptico, quizá su vista todavía no enfocaba bien a esas horas tan intempestivas, así que parpadeó varias veces antes de darse cuenta de su error. Hacía tanto frío que veía sus bocanadas de aliento. Habría regresado a buscar la cazadora si no hubiera sabido que la carrera lo haría entrar en calor en breve.

A esas horas, las calles estaban desiertas. Cuando regresase a casa, los coches ya habrían iniciado su concierto de bocinas, los escolares abarrotarían las aceras, la gente esperaría el autobús, con sus blancos de cocina y sus azules y verdes de hospital; pero en ese preciso momento, York Road estaba tan vacía que casi podía cruzar sin mirar a derecha e izquierda, y corrió sin parar hasta Charles Street sin encontrarse ni un alma.

Imaginemos que un cataclismo había azotado la ciudad durante la noche. Quizá una de esas bombas de neutrones de las que se hablaba a veces había barrido de un plumazo a toda la humanidad, pero había dejado los edificios intactos. ¿Cuánto tardaría en percatarse de que había sucedido algo? Al principio se alegraría de que, por una vez, no fuese necesario parar en los cruces, ni ir esquivando a un grupo de madres con cochecitos de bebé. Regresaría a casa después de correr un rato y miraría el móvil y se sentiría aliviado de no haber recibido ningún mensaje. Así tendría más tiempo para ducharse, desayunar y pasar la aspiradora con calma, como tocaba los viernes. Pero después..., ¡todavía ni un solo mensaje! ¡Y ningún inquilino aporreando su puerta! Bueno, no importaba. Pasaría el rato de alguna manera. Tal vez empezase una de esas revisiones para la actualización de su manual. Comería un sándwich rápido, pero más tarde (al constatar que el teléfono continuaba misteriosamente callado), para la cena, optaría por un plato más ambicioso que pudiera ir cocinándose lentamente toda la tarde. Después trabajaría un rato más en la actualización, pero eso acabaría aburriéndole. Así pues, quizá se tumbaría en el sofá con el móvil un rato y jugaría una partida al solitario. O varias partidas, en realidad, porque una vez que se ponía a jugar, solía engancharse. Aunque daba igual: empezaba a asimilar que tendría todo el tiempo del mundo.

Al anochecer se levantaría del sofá y miraría por una de las ventanas, pero las azaleas le taparían tanto las vistas que decidiría salir a la puerta, desde donde podría divisar la calle. No pasaría ni un solo coche. No habría ni una sola luz encendida en las ventanas de enfrente. Ni rastro de gente esperando ante el local de truchas, ni señoras mayores arrastrando los carritos de la compra ni muchachos con capucha empujándose los unos a los otros en el borde de la acera.

—¿Hola? —diría por probar.

Nada.

Justo antes de Roland Avenue redujo el ritmo para secarse la cara con la manga y cuando levantó la cabeza vio a dos mujeres con ropa de deporte que caminaban juntas delante de él.

—Me lo contó Chris Jennings —comentaba una de ellas cuando las alcanzó—. Y le dije: «Chris, ¿cómo demonios te diste cuenta?». Y Chris me dijo: «Bueno, al fin y al cabo, llevo casado veinte años, ¿sabes?...».

—Pero qué curioso, ¿verdad? —comentó la otra mujer—. La gente puede ser tan... imprevisible...

Micah pasó por delante y las miró a la cara un segundo. Se sintió como un hombre hambriento que contempla con anhelo un festín.

Después surgieron de repente varios enjambres de personas. Había hombres con maletines, niños con mochilas gigantes, maquetas de cartón y tubos de cartulina enrollada. Había coches y autobuses y buses escolares, y un camión de la basura con dos empleados colgados de la parte de atrás. Cuando llegó a la escuela primaria, un guardia de cruce escolar salió a la calzada justo antes que un niño, pero entonces una mujer asomó de una furgoneta a cierta distancia y gritó en dirección al chico:

—¿Y la cazadora?

El chico se dio la vuelta.

—¿Qué?

—¡Te has olvidado la cazadora! —gritó la mujer.

—¿Qué?

—La cazadora —le dijo otra mujer que pasaba junto a él.

—Ah —contestó entonces el muchacho, y volvió corriendo a la furgoneta.

Micah cruzó junto al guardia urbano y luego giró a la derecha para volver a casa.

Realmente las mujeres hacían funcionar el mundo. (Había una clara diferencia entre «dirigir el mundo» y «hacerlo funcionar».) Esquivó a dos adolescentes concentrados en la pantalla del móvil. Las mujeres conocían todas las reglas no escritas: no tocaban los paños almidonados y planchados del baño de sus anfitrionas y se secaban las manos en los dobladillos de la falda o en alguna toalla gastada y raída que en teoría solo usaba la familia. Si se les presentaba un cuenco de fruta con forma de precaria pirámide, se admiraban ante su refinamiento, pero se negaban a estropearla comiendo una pieza. En realidad, cuando su madre tenía a amigas de visita, Micah solía preguntarse por qué no se limitaba a poner una fuente de fruta artificial, dado que ninguna de sus invitadas iba a notar la diferencia, estaba seguro. ¿Y dónde habían aprendido sus hermanas (incluso sus desastrosas hermanas, que se apoltronaban en medio del desorden de sus hogares) a hacer ese subrepticio movimiento para frotar los bordes de las copas de vino cuando notaban que había quedado alguna marca de pintalabios? ¿Dónde aprendían las alumnas que iban a sexto con él a levantarse el pelo con ambas manos y recogérselo con un improvisado nudo que, no sabía cómo, sin una sola horquilla, se mantenía en lo alto de la cabeza salvo por algunos seductores mechones que se les enroscaban encima de la nuca? Al observar a esas chicas, había pensado: «Quiero a una así». Cuando todavía no era siquiera adolescente, cuando todavía no era del todo consciente del sexo, ya había anhelado a una chica así para él.

Y ahora, mira. No tenía a nadie.

Aminoró la marcha y cubrió caminando el último tramo que distaba de York Road. Por un instante confundió la toma de agua con una cabeza pelirroja, y una vez más se alzó de hombros al darse cuenta de lo repetitivo que era ese pensamiento, lo repetitivos que eran todos sus pensamientos, hasta qué punto seguían un surco bien marcado, igual que toda su vida seguía un surco bien marcado, en realidad.

Pasó por delante del local de truchas. ESPECIALIDAD DEL VIER-NES, rezaba el cartel escrito a mano en el escaparate: el mismo cartel que ponían todos los viernes por la mañana, tan gastado que los bordes empezaban a doblarse. Se acercó al camino de entrada de su edificio y atisbó a una mujer sentada en el balancín del porche en el que jamás se sentaba nadie.

Lo primero que pensó fue que era Cass. Esa mujer no se parecía a Cass ni en pintura; era mucho más menuda y de pelo oscuro, y llevaba una melena corta que le enmarcaba la cara. Y tenía los pies muy juntos, en una pose delicada, mientras que Cass seguramente habría estado impulsándose adelante y atrás con la punta los pies. Pero eso es lo que ocurría cuando piensas en alguien: crees ver a esa persona en cualquier desconocido con el que te cruzas.

—Buenos días —dijo Micah mientras subía los escalones.

—¿Micah?

La reconoció por su quietud. No por su voz (ligeramente ronca, una característica que había olvidado) ni por la cantinela ascendente que le daba a la *i* de su nombre, sino por su quietud perfecta, incluso cuando levantó la mirada hacia él. Parecía increíblemente sosegada.

—Lorna...

Micah dejó caer las manos, que tenía apoyadas en la cintura.

La mujer se levantó.

—He venido por Brink.

—Claro.

—¿Dónde lo viste?

Su tono y la fuerza con que apretaba las palmas entre sí delante de ella traslucían su impaciencia.

—Bueno, en realidad fue aquí —dijo Micah.

—¿Aquí? —Lorna miró alrededor—. ¿Por qué iba a venir aquí?

—¿Te apetecería entrar? —dijo Micah en lugar de responder.

Ella se dio la vuelta al instante para coger el bolso que había dejado en el balancín. Micah abrió la puerta delantera (no valía la pena evitar el lavadero; parecía una situación de emergencia) y se apartó para dejarla entrar. Lorna llevaba un traje pantalón azul marino y muy estiloso, con la americana suelta de un modo frívolo por debajo de la cintura. A Micah le pareció muy poco afortunado. También le resultó desafortunado el corte de pelo, tan corto. La hacía parecer... poco seria. Pero aún conservaba esa tez de un blanco intenso, según vio cuando pasó por delante de ella para guiarla escalera abajo. Aún tenía aquellos ojos de ciervo. No llevaba las gafas de montura de pasta que él había visto en la foto de la página web.

La condujo directamente al sótano, abrió la puerta del apartamento y la invitó a pasar.

—Lo siento, no he...

Dejó la frase a medias. «No he tenido tiempo de ordenar todavía», iba a decir. (Había varias latas de cerveza vacías encima de la mesita de centro, junto con un fajo de correo comercial y su móvil.) Pero, por supuesto, ¿qué más le daba a Lorna cómo vivía él? Lo miraba fijamente a la cara en todo momento. Dos grietas finas le cruzaban la frente, Micah se quedó de piedra al darse cuenta.

—¿Por qué diantres se le ocurrió venir a tu casa? —preguntó ella.

—Bueno, ya sabes...

La situación iba a ser muy incómoda.

—Creo que vio una foto en la que salíamos tú y yo en los viejos tiempos.

Lorna no parecía entender a qué se refería.

—Se preguntaba quién era su padre, supongo, y entonces...

Ella continuaba mirándolo a la cara, casi sin pestañear.

—Supongo que creyó que yo era su padre.

—¡¿Qué?!

—Bueno, imagino que estaba probando...

Lorna alargó el brazo hacia atrás, palpó el borde del sillón reclinatorio y se dejó caer en él.

—Por supuesto, lo saqué de su error enseguida —le aclaró Micah.

—Pero si eso ni siquiera... ¡cuadra! —dijo ella.

—Ya lo sé. Y se lo dije.

—¿Cómo se le metería esa idea en la cabeza?

—Bueno, quizá si le dijeras quién es su padre en realidad...

—¿Te dijo algo de las clases?

—¿Las clases? No. Solo me contó que iba a Montague College.

—Montrose —rectificó Lorna.

Micah se sentó en el sofá después de apartar la manta arrugada.

—¿Cómo me has encontrado? —preguntó a continuación.

—Bueno, me llegó tu mensaje, claro. Siempre consulto el correo del trabajo en cuanto me levanto. Y sabía que trabajabas de técnico informático. Me lo contó Marissa Baird. Va a todos los encuentros de antiguos alumnos de la universidad y se entera de todas las noticias sobre la gente.

—Qué sorpresa —ironizó él.

Lorna le lanzó una mirada de reproche. Era casi como en los viejos tiempos.

—Así que busqué en Google «reparación de ordenadores» en Baltimore y vi que había un Tecnoermitaño. Era el apodo que te pusieron las chicas de mi residencia.

—Ah, sí —dijo Micah.

—No es que existan un millón de tecnoermitaños en el mundo —añadió Lorna.

—Supongo que soy muy previsible.

Ella no le llevó la contraria.

—Primero pensé en llamarte por teléfono. Es más, empecé incluso a marcar tu número. Pero entonces me di cuenta de que era muy temprano y decidí esperar un rato, y luego pensé: «Dado que tengo que esperar de todos modos, ¿por qué no voy y me presento en persona?».

—Ay, podrías haber llamado —dijo Micah—. Suelo levantarme muy temprano.

—Ni siquiera había amanecido —dijo Lorna—. Últimamente no duermo mucho. —Vaciló un momento—. Y además... Bueno, siempre he pensado que consigues respuestas más directas de las personas cuando las tienes delante.

—¿Pensabas que no te daría una respuesta directa?

Lorna se encogió de hombros.

—El caso es que Brink te buscó, te preguntó si eras su padre...

—Le dije que no, por supuesto.

—¿Y entonces se marchó?

—Eso es. Bueno, pero después volvió. Me parece que no tenía mucho en que entretenerse. Acabó cenando aquí. Durmió en la habitación de invitados, desayunó a la mañana siguiente... No parecía preocupado por nada de nada.

—¿Mencionó por casualidad que su familia no tenía la menor idea de dónde estaba?

—En realidad, no. Pero al final me lo imaginé, debido a la cantidad de mensajes que iba recibiendo. Le dije y le repetí que debía ponerse en contacto contigo. Te lo prometo. Digamos que ese fue el motivo por el que se fue cuando se fue: le dije que tendría que informarte de su paradero si quería quedarse en mi casa.

Micah esperaba que Lorna le diera las gracias por ello, pero en lugar de eso, le preguntó:

—¿Y no te dio ni una pista sobre qué tenía pensado hacer?

Qué criatura tan insistente. Lo olfateaba como un sabueso, lo taladraba con la mirada.

—Ni una palabra —contestó él.

—Todavía no hemos llamado a la policía. Ni siquiera estoy segura de que considerasen que es una desaparición.

—¡No! Por Dios, no —dijo Micah—. Tiene dieciocho años.

—Sí, pero...

—Y no creo que se lo llevaran de vuestra casa pataleando y gritando, ¿no?

—No...

—¿Cómo es que decidió marcharse? —preguntó Micah.

—Bueno, primero dejó la facultad y volvió a casa, lo cual fue el misterio número uno. ¡Estaban en mitad del primer trimestre! ¡Había empezado el curso en septiembre! Nos dijo que le iba bien. No es que hubiéramos tenido demasiadas noticias por su parte, no más que el típico mensaje de vez en cuando. Cosas del estilo: «¿Cuánto detergente tengo que poner en la lavadora?» y «¿Por casualidad metisteis en mi maleta mi espray nasal?». Esa clase de cosas. Pero, al fin y al cabo, es un adolescente. No esperaba mantener conversaciones íntimas con él.

—Ya, claro —dijo Micah.

—Luego, la semana pasada, volví del trabajo y oí música alta en su habitación. Subí la escalera, llamé a su puerta, me asomé y ahí estaba, tumbado en la cama y mirando al techo. Le dije: «¡Brink! Cariño, ¿qué haces aquí?». Y me contestó: «¿Es que necesito una razón para estar en mi cuarto?». Le dije: «Pero

¿cómo has entrado? ¿Y qué pasa con Montrose? ¿Qué pasa con las clases?». «Me trajo un tío de la residencia. Voy a tomarme un descanso de las clases.» Y entonces se puso de medio lado, cara a la pared.

Micah chasqueó la lengua.

—Bueno, pensé que convenía darle un poco de tiempo —dijo Lorna—. Supuse que estaba intentando reunir fuerzas para contarme algo. No sé, que lo habían echado o algo así. ¡Pero solo estábamos a mediados de octubre! ¿Cómo iban a echarlo tan pronto? En cualquier caso, bajé al comedor, y cuando Roger llegó a casa, lo mandé a él a hablar con nuestro hijo. Brink y Roger tienen una relación... tensa, igual que muchos otros padres e hijos, pero creí que en ese caso Brink podría querer hablar con otro hombre. Me refiero a que tal vez lo que le angustiaba era un problema de tipo masculino. Pero Roger no sacó mucho más en claro que yo. Ambos estábamos desconcertados. El caso es que eso fue el jueves pasado, y Brink se quedó en casa el viernes, el sábado y el domingo... Bajaba para las comidas, pero no hablaba, ni siquiera con sus hermanos. Al principio los dos estaban muy emocionados de verlo, pero él no se dignaba siquiera mirarlos.

—Quizá haya sufrido algún tipo de ataque a su ego —dijo Micah—. Como si hubiera pensado que era un crac en el instituto pero al llegar a la universidad hubiera descubierto que todo el mundo era igual de crac que él.

—Sí, yo también lo pensé —dijo Lorna—. Confiaba en que solo fuera eso. Así pues, el lunes salí antes del trabajo y le propuse que me acompañara a la tienda de alimentación. Mi intención era aprovechar el efecto del coche. Ya sabes, hay adolescentes que no hablan con sus padres pero que se abren por completo cuando están en un vehículo en movimiento. Es como si lo que se dijera dentro de un coche no contara. Y supuse que debía de estar volviéndose medio loco de tanto permanecer inactivo y metido en la habitación; quizá agradeciera tener una excusa para salir. Para colmo, Roger y él habían tenido un pequeño..., digamos, «roce» el fin de semana, así que sabía que no había esperanza alguna por esa vía. Roger se pasa de mano dura a veces. Le cuesta mucho comprender que algunos chicos necesitan..., bueno, que no todos los críos del mundo pueden ser un éxito inmediato. El caso es que al final Brink decidió acompañarme: no tenía nada que perder. Y una vez que empezamos a movernos, me puse a hablar de mi primer semestre en la universidad. Le dije que me sentía como una paleta de pueblo. «Pero tú no eres así», le dije. «¡Tú tienes muchas virtudes ocultas, cariño! Dentro de poco, la gente empezará a darse cuenta. ¡Se te dan muy bien los deportes y eres un as de la música!» ¿Te contó que toca la guitarra? Tiene oído absoluto. No sé de quién lo habrá heredado. Desde luego, no de mí. Es capaz de recordar un número de teléfono a partir de los tonos que emite cuando marcas cada cifra.

—¿De verdad? —preguntó Micah. Eso era muy interesante—. Espera, ¿un número de teléfono suena igual en todos los aparatos, sin importar cuál uses?

Lorna lo miró perpleja.

—Perdona —dijo Micah—. ¿Qué decías?

—Paramos en un semáforo —continuó Lorna— y le dije: «Por eso pienso, Brink, que da igual con qué pequeña adversidad te hayas topado en Montrose, lograrás superarla. Levantarte y tomar de nuevo las riendas. Porque eres un ganador nato, te lo aseguro». ¿Y qué hizo él entonces? No dijo ni una palabra. Se limitó a abrir la puerta, salió del coche, la cerró y se alejó caminando.

—Ajá —dijo Micah.

—Me sorprendió...; bueno, me dolió, si soy sincera, pero no me preocupé demasiado. Al fin y al cabo, íbamos por un barrio residencial a plena luz del día; podría volver a casa por su cuenta cuando se le hubiera pasado el mosqueo. Así que hice la compra, volví a casa, lo guardé todo... Mientras tanto estaba pendiente, convencida de que mi hijo aparecería en cualquier momento. Pero no lo hizo. Esa fue la última vez que lo vi.

—Dios mío —dijo Micah. Intentaba sonar empático, aunque, a decir verdad, no le parecía una historia tan alarmante. Luego añadió—: Por cierto, ¿te apetece un café? Todavía no he desayunado.

—Ay, cuánto lo siento —dijo Lorna—. Sí, un café me iría de maravilla. Pero no te apures por mí y prepárate el desayuno; no te cortes.

—¿Tú has desayunado?

—No, pero no tengo hambre.

—Te convendría meterte algo en el cuerpo. Ven, vamos a la cocina.

Micah se levantó y ella hizo lo mismo. Luego lo siguió.

—Ya sabes cómo son las cosas cuando algo te aflige el corazón. Es como si tuvieras un nudo en la garganta, y no puedes ni pensar en la comida.

—Sí, lo sé.

Micah llevó la cafetera al fregadero para llenarla. Lorna, mientras tanto, se sentó en una de las sillas de la cocina.

—¿Así que no te comentó nada de eso? —le preguntó desde allí—. ¿Ni que había dejado la universidad, ni que se había marchado de casa?

—Pues no. Solo vi que le mandabas varios mensajes para saber dónde estaba.

—Roger opina que debería dejarlo estar —dijo Lorna—. Dice que cuando Brink se quede sin dinero, ya volverá.

—¿Dispone de mucho?

—Tiene una tarjeta de débito en la que le ponemos dinero por si lo necesita para los estudios. Consulté su cuenta el día después de que se fuera y había sacado trescientos dólares, el máximo permitido por extracción. Pero fue en un cajero cercano al lugar donde se bajó del coche, así que no nos dio ninguna pista.

—Bueno, trescientos dólares no le durarán demasiado —dijo Micah.

—Eso dice Roger. Pero él no se preocupa tanto como yo, claro. A ver, quiere a Brink, por supuesto. Pero es un tío, ¿entiendes?

Micah estaba cascando huevos en un bol, de espaldas a Lorna.

—¿Te has planteado alguna vez contarle a Brink quién es su verdadero padre? —le preguntó—. Me refiero a su padre biológico.

Al principio creyó que ella no iba a contestar. Hubo un silencio largo.

—No sé quién es su verdadero padre —respondió ella al fin.

Micah se puso a batir los huevos con un tenedor.

—Después de que tú y yo rompiéramos, digamos que... me desmelené. En realidad, las cosas se me fueron un poco de las manos.

Micah se preguntó si la habría entendido mal. No podía estar diciendo lo que él pensaba que decía, ¿verdad? Sacó una sartén de debajo de la encimera y la puso en el fogón para darle tiempo a explayarse, pero cuando Lorna retomó la palabra, fue solo para preguntarle:

—¿Crees que contestaría si lo llamases tú por teléfono?

—¿Yo?

—Bueno, quiero decir que os lleváis bien, ¿no? Por lo que me has contado, le caíste bien.

—Bueno, sí, nos caímos bien —dijo Micah.

—Entonces, ¿podrías llamarlo para ver si lo coge?

Micah se alejó de los fogones y fue a la mesita a buscar el móvil.

—¿Cuál es su número? —preguntó.

En lugar de responder, Lorna le tendió su teléfono y Micah se acercó más y entrecerró los ojos para ver mejor la pantalla. Marcó el número y se llevó el móvil a la oreja.

Sonó dos veces.

—¿Hola? —contestó Brink.

Su voz sonó clara, así que Lorna levantó la barbilla al instante.

—Soy Micah.

—Ah, hola.

—Bueno, tengo a tu madre aquí —dijo Micah.

Se oyó un clic y luego, silencio.

Lorna estaba angustiada.

—¿Ha colgado? —preguntó.

—Eso parece —dijo Micah. Se quedó mirando su móvil un momento y luego lo dejó en la encimera.

—¿Por qué se lo has dicho de una forma tan directa? —preguntó Lorna.

—¿Qué?

—¿Por qué le has dicho que estoy aquí?

—¿Qué se suponía que tenía que decirle?

—Bueno, no sé... Podrías habérselo contado de un modo más gradual. Podrías haberle preguntado primero dónde estaba y qué tal le iba.

—Pues perdóname —dijo Micah—. No sabía que tenía que seguir un guion.

—Ay, lo siento, Micah. Perdóname tú —repuso ella. (¿Ya habían mantenido esa conversación en otro momento? En cierto modo, le resultaba familiar.) Micah se fijó en que Lorna tenía los ojos brillantes por las lágrimas—. Es solo que me había hecho ilusiones y ahora... Uf, ¿por qué está tan enfadado conmigo?

Micah volvió junto a los fogones. Encendió uno y puso un trocito de mantequilla en la sartén.

—Quizá vuelva a llamar —comentó.

—¿Lo dices en serio?

—No sé, quizá colgar haya sido una especie de reacción instintiva y no tarde en pensárselo mejor.

—No paro de inventarme motivos por los que podría haber dejado los estudios —dijo Lorna—. Por ejemplo, sé que formar parte de una fraternidad era muy importante para él. Así que, si se ha enterado de que no lo quieren... Pero ¿crees que se lo habrían dicho ya, tan pronto, cuando apenas ha empezado el curso? Bueno, tal vez sí. O si lo expulsaron por algún incidente relacionado con alguna novatada. Últimamente, todos los días salen en los periódicos incidentes con las novatadas.

—Pero ¿los que hacen las novatadas no son los estudiantes que ya están en las fraternidades? —preguntó Micah.

—Ah, supongo que tienes razón. Bueno, pues entonces, el alcohol. No podemos engañarnos, sabemos cuánto beben los adolescentes. O incluso las drogas. En Montrose, el consumo de drogas supone la expulsión inmediata.

—Podría ser —coincidió Micah—. Eso explicaría por qué no quiso contarte la razón por la que dejó la universidad.

Vertió los huevos del bol en la sartén y empezó a removerlos con el tenedor.

—¡O una violación! Los periódicos también están llenos de violaciones entre estudiantes.

Micah se volvió y la miró.

—Por el amor de Dios, Lorna.

—¿Qué? ¿Acaso crees que no soy consciente de que a veces los chicos toman decisiones equivocadas?

—Bueno, sí... Pero hay decisiones equivocadas y decisiones equivocadas.

Ella se encogió de hombros.

—He visto de todo, créeme —dijo.

Micah volvió a concentrarse en el fuego y siguió removiendo los huevos.

—Cuánto has cambiado desde que íbamos a la universidad.

—Sí —dijo Lorna—. Me he esforzado en cambiar. En aquella época era una persona muy cerrada; soy consciente. Me daba cuenta de que eso te sacaba de quicio.

—¿Te dabas cuenta? —preguntó Micah. No sabía que se le notara tanto.

—Sí, ¡imagínate lo diferentes que habrían sido nuestras vidas si me hubiera lanzado y me hubiera acostado contigo! No me extraña que la relación no funcionase.

—Perdona, pero eso es insultante —dijo Micah—. ¿Tan superficial crees que era? —Y añadió—: ¿Fue por eso por lo que..., mmm..., después te desmelenaste cuando cortamos?

—Supongo —contestó Lorna con tono despreocupado—. En fin, da igual. A lo que me refería era que Brink podría haberse metido en algún lío en el que pudieran acusarlo de violar a alguien o abusar de alguna compañera de facultad, nada más.

Micah sacó dos platos del armario y los colocó en la mesa.

—Ay, no, yo no quiero, gracias —dijo Lorna.

—Pues no te lo comas —contestó Micah.

Dividió los huevos con el tenedor en dos partes iguales y puso una en el plato de ella y la otra en el suyo. Después llenó dos tazas de café y también las dejó en la mesa.

—Me pregunto si los hijos que tenemos están elegidos especialmente para nosotros —dijo Lorna con tono pensativo—. Me pregunto si el buen Dios nos une a ellos en función de su capacidad de instruirnos.

—¿En qué podría instruirte Brink? —preguntó Micah.

—Bueno, no se parece en nada a mí.

—Eso desde luego.

Lorna lo miró con suspicacia, pero él se mantuvo ocupado poniendo los cubiertos, cogiendo servilletas, sacando la leche y el azúcar.

—Así que imagino que todavía eres practicante —dijo Micah cuando se acomodó enfrente de ella.

—Sí, claro. —Lorna vaciló un instante. Luego añadió—: O mejor dicho, me aparté del camino y digamos que volví a él después de que naciera Brink.

—¿Y tu marido?

—¿Qué pasa con mi marido?

—¿También es practicante?

—Bueno, no mucho.

—¿Y Brink?

—Uf, Brink ni siquiera es creyente. Todavía no. Pero estoy segura de que tarde o temprano verá la luz.

—¡Quizá durante su escapada! —exclamó Micah con tono entusiasta.

Esperaba lograr darle un cariz más alentador a la desaparición de Brink, pero Lorna se limitó a mirarlo con abatimiento.

—Por cierto, ¿por qué decidiste llamarlo Brink? —preguntó.

—Le puse el nombre en honor de la joven consejera espiritual que había en la iglesia a la que pertenecía cuando iba a la universidad. Marybeth Brink. ¿Llegaste a conocer a Marybeth?

—No, que yo recuerde.

—Fue quien me socorrió cuando me enteré de que estaba embarazada. De no haber sido por ella, no sé qué habría hecho. Se encargó de todo: me encontró un lugar donde vivir, me ayudó con las tareas de la universidad. Solo gracias a ella conseguí terminar la carrera, al fin y al cabo. Pensaba llamar al bebé Marybeth si era niña, pero fue un niño, así que lo llamé Brink. Bueno, en aquella época no había ninguna otra persona a quien me sintiera ni siquiera la mitad de unida que a ella, ni una miaja.

Micah sintió una especie de punzada. Fue por la palabra «miaja»: ese rastro inconfundible del campo que sobresalía en su discurso como una espina. Miró al otro lado de la mesa, a la abogada con su traje pantalón, y estuvo a punto de preguntarle: «Lorna, ¿de verdad estás ahí dentro?». Lo que no esperaba era que lo entristeciera tanto. Ya no sintió la misma atracción hacia ella; se maravilló al pensar que en otro tiempo hubiera pasado horas hecho polvo con fantasías eróticas sobre Lorna. Pero era él quien había cambiado en algún sentido. Había perdido la capacidad de ver ese brillo extra en Lorna, por decirlo de alguna manera.

Ella tomó un sorbo de café.

—¿Y tú? —dijo después de dejar la taza en la mesa—. Sé que Deuce y tú tuvisteis un desencuentro y dejaste la empresa.

—Sí, la empresa resultó ser una idea pésima —respondió Micah.

—¿Entonces fue cuando montaste Tecnoermitaño?

—Bueno, al cabo de un tiempo.

Lorna esperó a que le diera más detalles, pero Micah no lo hizo. En lugar de eso, dio buena cuenta de los huevos revueltos mientras ella bebía sorbos de café y lo miraba. Al final, se sintió obligado a añadir:

—Primero trabajé para diferentes empresas de informática aquí y allá, pero los dueños eran todos una panda de idiotas. Así que uno de mis clientes, el señor Gerard, me tomó confianza y cuando decidió mudarse a Florida me ofreció encargarme del mantenimiento de su edificio. Por supuesto, era un trabajo fácil y aburrido y con una birria de sueldo, pero al menos me permitía vivir sin tener que pagar alquiler y sin que nadie me diera órdenes. Y después, poco a poco, algunos otros antiguos clientes se enteraron de dónde estaba y así fue como acabé montando Tecnoermitaño.

—Ya veo —dijo Lorna.

—Supongo que suena decadente.

—No, no —dijo ella—. Yo no lo llamaría decadente. Es solo... que me da la impresión de que sigues siendo el mismo de antes.

—¿A qué te refieres? —preguntó Micah.

—Bueno, ya sabes. Nunca das una segunda oportunidad a las cosas.

—¿Qué? —dijo Micah—. Acabo de decirte que no he hecho más que dar una segunda oportunidad a las cosas. Cometo errores y salgo adelante y vuelvo a intentarlo.

—Vale —dijo Lorna—. ¿Y no te has casado?

—Pues no.

—¿Por qué no?

Lo más probable era que Lorna pensara que tenía algo que ver con ella: que su traición lo había marcado de por vida o algo semejante. Lo cual era un poco engreído, desde su punto de vista. Así pues, le contestó:

—En realidad, he estado a punto varias veces. Pero supongo que no soy de los que se casan.

—Y no estás con nadie ahora mismo.

—No.

Micah le sostuvo la mirada; se negaba a sentirse avergonzado de estar solo. Al final, Lorna desvió la vista y (Micah se alegró al verlo) pinchó con el tenedor los huevos revueltos que le había servido.

—¿Qué hay de tu familia? —le preguntó al anfitrión.

—¿Qué pasa con ellos?

—¿Ada? ¿Suze? ¿Las gemelas? ¿Aún viven tus padres?

—No, papá murió el año que dejé la universidad y mamá, un par de años más tarde. Por suerte, las chicas sí están bien. Ada y Norma ya tienen nietos.

—Eran todos tan divertidos... —dijo Lorna. Comió otro bocado de huevos revueltos—. ¡Esa casa era como... un circo! ¿Te acuerdas de aquella vez en que todos se reunieron en casa de tus padres, por el día del Trabajo? Norma estaba aprendiendo a coser por su cuenta y sus hijas pequeñas llevaban unos vestidos que les había hecho, ¿te acuerdas? De algodón marrón con un estampado de espátulas, porque había utilizado el material que había sobrado de las cortinas de la cocina. Y Suze estaba embarazadísima, a punto de dar a luz, y tenía que ir al lavabo como diez veces por hora, y cada vez que se levantaba para salir de la habitación, decía: «¡La naturaleza me llama!», y te juro que se echaba a reír siempre que lo decía, y luego todas juntas se partían de risa, sobre todo debido a su risa y no tanto por lo que había dicho.

—Tronchante —dijo Micah. Sus hermanas solían tener ese efecto en la gente.

—Y tus padres acababan de comprarse el primer teléfono inalámbrico, y cada vez que sonaba todo el mundo se volvía loco para encontrarlo.

—Cierto; una vez resultó que estaba en el cesto de la ropa sucia. A nadie se le había ocurrido...

—Y tu padre había perdido los audífonos...

—Sí, desde luego, en nuestra familia se ha perdido de todo.

—Así que, cuando el marido de Norma..., ¿Gregory? ¿Gary?

—Grant —dijo Micah.

—Cuando Grant se puso a hablar de la reencarnación, no sé por qué, tu padre dijo superirritado: «¿Restauración? ¿Qué restauración? ¡En esta casa todo está en perfecto estado!».

El bombardeo de recuerdos azarosos fue como volver a tener a su familia en la habitación con él: su bullicio y su caos característico. Micah no pudo evitar sonreír. (Era más fácil sonreír al pensar en ellos cuando uno se alejaba un paso, por decirlo de alguna manera.)

—Bueno, o al menos papá «alegaba» que había perdido los audífonos —dijo Micah—. Admitámoslo, aborrecía esos chismes. Decía que lo único que oía cuando se los ponía era sus dientes al masticar.

Le sonó el móvil.

Lorna se quedó petrificada y lo miró a la cara.

—Perdona —dijo Micah. Se levantó y se acercó a la encimera. No reconoció el número. Pensando en la remota posibilidad de que fuese Brink, contestó—: ¿Sí?

—¿Tecnoermitaño? —preguntó un hombre.

—Sí.

—Verá, me llamo B. R. Monroe, y a mi impresora le ocurre algo rarísimo.

—Luego le devuelvo la llamada. Adiós —dijo Micah. Colgó y dejó el teléfono en la encimera.

Lorna no había dejado de mirarlo.

—No va a llamar, ¿verdad? —preguntó, decaída.

—A ver, no lo sabemos.

—No va a llamar. —Lorna se puso en pie y fue a buscar el bolso—. Te dejaré mi tarjeta.

—¿Ya te vas?

—Tengo que ir a la oficina. Por lo menos, ahora sé que está vivo y no corre peligro. Por favor, avísame si tienes noticias de él, ¿de acuerdo?

—Por supuesto —dijo Micah dejando la tarjeta de visita junto al teléfono móvil.

—Y si se presenta de nuevo, ¿podrías retenerlo un poco más como sea? Ponte en contacto conmigo sin que él se dé cuenta y no se lo digas, ¿vale? En un santiamén me presentaría aquí; tardaría menos de una hora.

—Solo si no te importa acabar en la morgue —le dijo Micah—. Hagamos un trato: tómate una hora y media y yo lo entretendré aquí hasta que llegues.

—Gracias, Micah —dijo Lorna.

A continuación, se dirigió a la sala de estar y Micah la adelantó para abrirle la puerta y acompañarla por el sótano.

—¿Dónde has aparcado? —le preguntó cuando llegaron a la parte delantera del edificio.

—Por aquí cerca —contestó ella.

Señaló en dirección a la tienda de ropa de segunda mano. Después apoyó una mano en el brazo de Micah y poniéndose de puntillas lo besó en la mejilla. Al tenerla tan cerca, él pudo apreciar el aroma alimonado de su champú o del jabón o de algo.

—Me alegro de haberte visto —dijo Lorna antes de irse—, a pesar de las circunstancias. Te agradezco todo lo que has hecho.

—Bah, tranquila, no ha sido nada —respondió él.

Micah retrocedió un paso, con las manos metidas en los bolsillos traseros del pantalón, y la miró mientras caminaba hacia la calle. Vista por detrás, podría haber sido una mujer de negocios normal y corriente, salvo porque había algo en su forma de caminar que resultaba inseguro, que carecía de brío. Era como si no estuviera del todo segura de adónde se dirigía. Pero al cabo de un momento giró a la derecha y desapareció de su vista.

Micah constató que la impresora de B. R. Monroe estaba estropeada sin remedio. Todavía respondía a la orden de «Imprimir», pero las páginas que escupía salían en blanco.

—Ahora que lo pienso —dijo el señor Monroe—, me iba dando esos avisos desde hacía un par de semanas, más o menos. Las hojas salían cada vez más claras. Cambié todos los cartuchos, pero no mejoró nada.

Era un hombre de mediana edad vestido con chándal, con una coleta fina y canosa que le caía por la espalda y barba de tres días: el típico perfil de quien trabaja en casa. Su despacho era un desastre, con tazas de café vacías por todas partes y pilas de folletos en equilibrio precario. Los envoltorios de los cartuchos nuevos estaban desperdigados por la mesa de trabajo.

—¿Cuánto hace que tiene esta impresora? —le preguntó Micah.

—Bueno, mi hija todavía vivía con nosotros cuando la compré. Lo recuerdo porque le pasé la vieja. Y ahora ya ha terminado la carrera y trabaja en Nueva York.

—Entonces ya habrá caducado la garantía —comentó Micah—. Y ya le digo sin tapujos que yo no estoy capacitado para repararla; eso es cosa del fabricante. Pero incluso embalarla y enviarla a la fábrica le costaría más de lo que vale. Le recomiendo que se compre otra.

—Caray —dijo el señor Monroe.

—Hoy en día las impresoras son baratas. Se sorprendería.

—Aun así, ¿le debo algo por venir? —preguntó el señor Monroe.

—Bueno, claro.

—Pero no ha hecho nada.

—De todos modos, tengo que cobrarle la tarifa mínima. Se lo dije por teléfono.

El señor Monroe suspiró y se alejó arrastrando los pies para coger el talonario de cheques. Las suelas de sus chanclas de goma chocaban contra los talones desnudos con cada paso que daba.

De camino a casa, Micah se detuvo en un cajero para ingresar el cheque del señor Monroe. Después compró algunos víveres en el supermercado (crema de cacahuete, carne de ternera picada e ingredientes para una ensalada) y continuó por York Road. Cuando giró para entrar en su calle, miró con aire reflexivo hacia los peldaños de entrada de su edificio. Pero no había nadie, por supuesto.

Dobló a la derecha por el callejón, estacionó en el aparcamiento, sacó las compras del maletero y bajó la escalera que conducían a su puerta de atrás.

Había fregado los platos del desayuno antes de marcharse a atender al cliente, pero la cocina todavía olía a huevos y a café. La silla de Lorna estaba perfectamente colocada hacia dentro, enfrente de la de Micah, y la mesa estaba despejada y reluciente. Le dio la impresión de que se oía un sonido hueco.

Nadie dijo: «¡Ya estás en casa!» ni «¡Bienvenido!».

Sacó la compra de las bolsas y guardó la crema de cacahuete en el armario y la carne picada en la nevera. Los ingredientes de la ensalada los dejó en la encimera, porque era el momento de preparar la comida. Pero en lugar de ponerse manos a la obra de inmediato, se dio la vuelta y caminó desganado hasta la sala de estar, donde todavía no lo había ordenado todo. Miró con desaliento la manta arrugada del sofá y el desbarajuste de la mesita de centro: las latas de cerveza y el correo comercial. En el fondo, a pesar de todo, quizá se parecía más a su familia de lo que le gustaba reconocer, pensó. Quizá lo único que lo separaba del caos total era saltarse un día el turno de la aspiradora.

Tuvo una repentina visión de sí mismo tal como estaba la noche anterior, repantigado en el sofá, bebiendo una cerveza tras otra y jugando demasiadas partidas del solitario con el móvil.

Salió de la sala de estar y entró en el dormitorio. La cama estaba muy bien hecha, porque siempre la hacía antes de salir de casa, en cuanto se vestía para ir a correr. Pero la propia ropa deportiva estaba hecha un ovillo en el respaldo de la silla, y el cajón superior izquierdo de la cómoda había quedado medio abierto; además, las zapatillas de deporte estaban tiradas en la alfombra. Se acercó a la cómoda y cerró el cajón. Después abrió el cajón contiguo y estudió lo que contenía: un camisón blanco doblado, un cepillo, dos braguitas de algodón y un jersey de color verde oliva. La ropa de recambio de Cass, que guardaba allí para las noches en las que se quedaba a dormir.

El jersey era exactamente del mismo color que sus ojos, pero una vez, cuando Micah se lo había comentado, ella había dicho que era al revés: sus ojos pegaban con el jersey. «Lleve el color que lleve, mis ojos siempre se adaptan al tono», le había dicho, y luego, dándole un golpecito amistoso en las costillas, había añadido: «¡Deberías verme cuando me visto de rojo!». Al recordarlo, Micah sonrió. Le gustaba que Cass nunca se tomara su belleza demasiado en serio.

Era cierto que había estado a punto de casarse en unas cuantas ocasiones. No siempre había pensado que el matrimonio era un lío. Pero cada novia nueva había sido una especie de experiencia de aprendizaje negativa. Zara, por ejemplo: solo ahora se daba cuenta de la mala pareja que hacían. Era muy mordaz, tanto en sentido literal como metafórico. Más que una chica parecía un mosquito nervioso y vivaracho, toda ella codos y movimientos bruscos; era sorprendente que hubiese llegado a fijarse en alguien tan anodino como Micah. Pero habían salido casi dos años y habían compartido un piso destartalado cerca del viejo campus donde él estudiaba. Luego, un fatídico día, él cogió el teléfono fijo y le dio a «Rellamada», con la intención de continuar una discusión que había empezado con Deuce la noche anterior. Sin embargo, no fue Deuce quien contestó, sino Charlie Atwick, un bailarín amigo de Zara cuya vibrante voz de barítono reconoció al instante. «¿Se ha ido ya? —preguntó Charlie—. ¿Puedo ir a tu casa? Estoy supercachondo.»

Micah había colgado y se había quedado mirando su propia cara estupefacta en el espejo.

Le había sorprendido que la situación lo afectara tanto, la verdad, porque desde hacía un tiempo era ya algo consciente de la irritación general que empezaba a sentir en presencia de Zara. A decir verdad, era una chica agotadora. Debería haberle dado las gracias a Charlie Atwick por proporcionarle un motivo para pasar página. Pero que lo dejaran de forma tan abrupta, tan descuidada, dos mujeres seguidas... No conseguía entenderlo. Se pasó los meses posteriores enfurruñado y dándole vueltas al tema sin parar; se negaba a aceptar las propuestas de sus amigos de presentarle a alguien. En realidad, no tenía paciencia, les decía, para todo ese rollo de quedar y conocerse. Le faltaba energía. Incluso después de conocer a Adele, una parte de Micah siempre se mantenía al margen. Una parte de él decía: «¿De verdad quiero..., mmm..., las complicaciones que supone?». Así que cuando al final Adele le dijo que tenían que hablar y, con tono apenado, le contó que se marchaba para pasar el resto de su vida salvando a los lobos, casi se sintió aliviado. ¡Otra vez libre! Libre de tanto jaleo y preocupación.

En cuanto a Cass: bueno, cuando conoció a Cass, él ya contaba cuarenta años y ella no era mucho más joven. Micah dio por hecho que no tenían que demostrarse nada; eran adultos hechos y derechos, a gusto con sus vidas independientes. Cada vez que pensaba en ellos dos, se los imaginaba yendo a algún sitio en el Kia, él concentrado en la conducción mientras ella miraba por la ventanilla tarareando una canción.

¿Y si Micah le hubiera dicho: «Por favor, no me dejes. Por favor, piénsatelo»?

El caso es que no lo hizo.

Imaginó que a partir de entonces Cass desaparecería de su mundo. La perdería de vista y la olvidaría, jamás volvería a verla, igual que había sucedido con Lorna y las demás.

Aunque, en realidad, sí había tenido oportunidad de volver a ver a Lorna una vez, según recordaba, poco después de su ruptura. La vio por casualidad de lejos, del brazo de un chico y riéndose como en bucle de una forma exagerada. Más tarde, un amigo de Deuce le contó que parecía «ir de flor en flor últimamente», esas habían sido sus palabras.

—¿Cómo que va de flor en flor? —había preguntado Micah, perplejo.

—Sí, ya sabes. Un día la veo con un tío, otro día con otro, esas cosas. Y te juro que una vez incluso estaba borracha.

—Lorna no bebe —había contestado Micah categóricamente.

Sobre lo de los chicos, no se había molestado en llevarle la contraria. Así que un día se paseaba con un compañero de clase y otro día caminaba junto a otro, ¿y qué? Por lo menos parecía que no había seguido con aquel Larry Esmond, gracias a Dios. Debía de haber sido un flechazo pasajero.

Micah volvió a la cocina y sacó el colador del armario. Lavó un tomate debajo del grifo; lavó dos endivias.

«¡*Endifia*! —exclamó con su mejor acento francés—. La *endifia paga haceg* la ensalada.»

Pero no tenía el ánimo para bromas.

6

—¿Qué te pareció Lily? —le preguntó Ada.

Había telefoneado a Micah en mitad del desayuno, nada menos. Después de despertarse en plena noche con el rítmico ploc ploc ploc de la lluvia sobre las hojas muertas al otro de la ventana, había apagado el despertador y se había permitido dormir un rato más y saltarse el ejercicio matutino. Tuvo que devolver al plato una tira de beicon y limpiarse los dedos antes de coger el teléfono.

—Me pareció simpática —le contestó—. Aunque un poco joven para casarse, en mi opinión.

—Tiene veintiún años —dijo Ada—. Yo era más joven que ella cuando me casé. Pero ya sé a qué te refieres; es un poco... inocente, o algo así. ¿Y cómo va a mantenerla Joey? Por supuesto, ahora ella trabaja, pero el otro día nos contó un sueño que tuvo: intentaba encajar a un par de gemelos recién nacidos en un único asiento de coche, y todo el mundo sabe que soñar con bebés significa que se quiere tener hijos.

—¿Soñar con un bebé significa que quieres un hijo?

—Es una señal de tu subconsciente, que te indica que estás listo para la siguiente etapa vital.

—Bueno —dijo Micah al cabo de un momento—, llevas años diciéndome que te encantaría que Joey empezara a comportarse como un adulto. Quizá este sea el empujón que necesita.

—Quizá —dijo Ada, dubitativa. Luego añadió—: El reverendo Lowry oficiará la ceremonia, ¿te lo había dicho? Nuestro pastor, el de la iglesia baptista a la que vamos. La familia de Lily no tiene una iglesia fija, y el reverendo dijo que le encantaría casarlos. Pasó anoche por nuestra casa para hablar de los votos. —Se echó a reír—. Le pregunta a Joey: «¿La quieres?». Y Joey reflexiona un poco y dice: «Bueno, a veces».

—¡A veces! —exclamó Micah.

—Ay —dijo Ada restándole importancia—, bien pensado, supongo que es lo máximo a lo que puede aspirar una pareja. Por cierto, supongo que no necesitas un ayudante de técnico informático, ¿verdad?

—Si casi no me necesito ni yo... —dijo Micah—. ¿En quién estabas pensando?

—Pues en Joey. Pensaba en él.

Ese comentario no precisaba siquiera una respuesta, al menos, en opinión de Micah.

—Ahora que lo dices, debería ponerme en marcha —le dijo a su hermana.

—Ay, perdona, no quería entretenerte —respondió ella.

Micah colgó y tomó otro bocado de beicon.

A las diez y media salió por la puerta principal para recibir al carpintero: un hombre llamado Henry Bell cuya especialidad era sellar puntos de entrada para roedores. Era un hombre larguirucho de barba pelirroja más o menos de la edad de Micah, a quien habían llamado ya unas cuantas veces (los ratones de aquella zona tenían un ingenio ilimitado). Sonrió con timidez a Micah y le preguntó:

—¿Cómo le va, amigo?

—No me quejo —dijo Micah, y lo invitó a pasar.

La lluvia se había tomado un respiro, pero Henry dejó las botas de trabajo en la alfombrilla que había en el vestíbulo, justo detrás de la puerta principal.

—No me diga que esos bribones han encontrado otra vía para entrar en el cuarto de la caldera —dijo el carpintero.

—No, de momento esa habitación continúa limpia, al menos que yo sepa. Ahora mismo están en el primero B. La inquilina asegura que los tiene en la cocina.

—¿Ha pasado por aquí el encargado de desratizar?

—Sí. Me dijo que le informara de que había visto unos excrementos detrás del frigorífico.

Henry lo siguió por el rellano, con su caja de herramientas tintineando con cada paso, y Micah llamó al timbre de Yolanda.

Esta los abrió en albornoz, o lo que fuera aquello: una prenda floreada larga hasta los pies con una cremallera de arriba abajo.

—¡Buenos días! —saludó Yolanda—. ¡Usted debe de ser el experto en ratones!

—El mismo —dijo Henry.

—¡No sabía que era tan alto!

Henry se volvió hacia Micah y lo miró, impávido.

—Quiere echar un vistazo detrás de la nevera —informó Micah a Yolanda—. Ahí fue donde sugirió el encargado de Pest Central.

—Detrás de los fogones también —dijo Henry—. ¿Tiene cocina de gas o eléctrica? —le preguntó a Yolanda.

—De gas —contestó Yolanda, recolocándose un gran mechón de pelo detrás de la oreja.

—Entonces es posible que estén entrando por el hueco por donde la tubería del gas penetra en la pared —comentó el carpintero, y se encaminó a la cocina con los otros dos pisándole los talones.

Al llegar al umbral, dejó la caja de herramientas en el suelo y se inclinó hacia delante para sacar una linterna larga y pesada. Micah y Yolanda, que tenían el paso bloqueado por la caja de herramientas, se quedaron en el pasillo y observaron mientras el carpintero recorría el perímetro de la estancia y dirigía la linterna de vez en cuando hacia los rodapiés.

—Anoche estaba viendo la televisión y un ratón pasó corriendo delante de mis narices —dijo Yolanda—. Yo no soy de esas que se suben a las sillas y gritan histéricas al ver un ratón, pero me sobresalté bastante, se lo aseguro. Es inquietante ver que algo se mueve cuando no te lo esperas, ¿sabe? Lo ves con el rabillo del ojo y piensas: «¡Puaj!». Y el corazón se te acelera y notas un cosquilleo en la nuca.

—Es atávico —comentó Henry mirando hacia atrás desde el suelo.

—¿Cómo dice?

—Es un reflejo de la época de las cavernas.

Yolanda miró a Micah.

Henry acabó de examinar la cocina y regresó al umbral. Tanto Yolanda como Micah se apartaron para dejar que saliera y lo observaron recorrer el pasillo, con la linterna colgando a un lado.

—¿Por casualidad sabes si está casado? —le preguntó Yolanda a Micah en voz baja.

—No tengo ni idea.

—Ajá.

Pensativa, miró en dirección a Henry.

—Yolanda —dijo Micah—, ¿puedo hacerte una pregunta personal?

A la mujer se le iluminó la cara y miró de nuevo a Micah.

—¡Por fin! —exclamó—. ¡Ya creía que jamás ocurriría!

—Todas esas citas por internet y demás... Lo de salir con tantos desconocidos... ¿Alguna vez has pensado en dejarlo? Quiero decir..., ¿no te cansas nunca? ¿Por qué sigues intentándolo?

Yolanda no se ofendió, aunque bien podría haberlo hecho.

—Supongo que soy dura de mollera —contestó, y soltó una risita. Luego se puso seria y añadió—: Creo que lo hago por los preparativos.

—¿Los...?

—Los preparativos, la fase en la que planeo qué me pondré y cómo me maquillaré, cuando pienso que quizá esta vez las cosas salgan bien. Y cuando se tuercen, me digo: «Bueno, por lo menos esa parte ha sido divertida. Esa parte ha valido la pena. Tienes que recomponerte y seguir adelante», eso me digo.

—De acuerdo, pero ¿y qué me dices de aprender de la experiencia? ¿Qué me dices de evitar tropezar una y otra vez con la misma piedra?

—¿Te refieres a rendirte y hacerte el muerto? —fue la respuesta de Yolanda.

Micah era consciente de que ninguno de los dos iba a conseguir que el otro cambiara de opinión.

Saltaba a la vista que Henry había terminado la inspección. Regresó por el pasillo y se inclinó para guardar la linterna en la caja de herramientas.

—Parece que el punto de entrada está detrás de los fogones —dijo el carpintero mientras se erguía—. Voy a clavar una plancha de madera encima de... Por cierto, veo que el desratizador usó crema de cacahuete en los cepos.

—¿No está bien así? —preguntó Yolanda mirándolo con embeleso.

—Bueno, personalmente prefiero la tahina.

—¡Tahina!

—Y encima, unas cuantas semillas de sésamo espolvoreadas.

—¡Semillas de sésamo! Pero yo creía que la tahina ya era de semillas de sésamo.

—Solo le doy mi opinión.

—Ah, de acuerdo, ¡tiene todo el sentido del mundo! —exclamó Yolanda casi cantando.

Henry la miró con aburrimiento.

—¿Ningún otro inquilino del edificio se ha quejado? —le preguntó a Micah.

—De momento, no —respondió este—. Pero claro, seguro que me llaman en cuanto usted termine su labor y salga por la puerta.

Henry asintió con aire pensativo.

—Bueno, ahora le dejo trabajar —añadió Micah—. Mándeme la factura, como siempre.

—Por supuesto —dijo Henry, y se inclinó sobre la caja de herramientas una vez más. Levantó la bandeja superior para buscar algo debajo.

Micah tuvo que ir solo hasta la puerta y darse por despedido. Yolanda apenas se percató de que se marchaba.

Para comer cortó los restos de un pollo que había comprado asado y los aderezó con apio troceado, mayonesa y alcaparras. (Le gustaba despejar de sobras la nevera en algún momento del fin de semana.) Mientras añadía las alcaparras, pensó en una historia que le había contado Cass una vez, de cuando llevó una ensalada de atún con alcaparras para el pícnic de principio de curso que hacían con los alumnos de cuarto. «Profe —le dijo un niño—. Me encantan estas garrapatas.» Al citar las palabras del chiquillo, la voz de Cass mimetizó la de un niño, más fina y más alegre que la suya. Micah siempre había pensado que era ridículo que la gente imitara otras voces. En realidad, seguía pareciéndole una tontería, pero a pesar de todo, deseó con todas sus fuerzas ser capaz de revivir aquel momento en concreto. Esta vez se limitaría a permitirse disfrutar de cómo Cass arrugaba la nariz cuando hablaba de algo que le hacía gracia. Y de la forma triangular que adoptaban sus ojos, lo que se debía a que se le levantaban mucho los pómulos cuando se reía.

¡«Garrapatas»! Menuda confusión.

Todavía no había terminado de comer cuando lo llamó un cliente.

—Tecnoermitaño, dígame —contestó Micah.

—¡Hola! —dijo una mujer.

Rebosaba energía y optimismo. Micah supuso que tendría unos veintitantos años.

—Me llamo Rosalie Hayes. ¿Hablo con el Tecnoermitaño en persona?

—Sí.

—Bueno, tengo un problema de lo más rocambolesco. Estoy viviendo en casa de mi abuela, ¿de acuerdo?

—Ajá...

—Es decir, ahora es mi casa, porque me la dejó en herencia, pero acabo de mudarme. Murió de un infarto en septiembre.

—Vaya, la acompaño en el sentimiento —dijo Micah.

Se sirvió otra cucharada de ensalada de pollo.

—El caso es que estaba superequipada en cuestión de tecnología. Ordenador, impresora, móvil... ¡Incluso un iPod! Un iPod Classic auténtico.

—Qué suerte —dijo Micah.

—Pero ni una contraseña.

—¿Ni una contraseña?

—Me refiero a que no sé sus contraseñas. Confiaba en que tuviera alguna chuleta por aquí, pero no la encuentro. Solo he visto la contraseña de internet, en un pósit, debajo del módem. Pero ni rastro de la contraseña para iniciar sesión en el ordenador. Y es un ordenador de los buenos, está prácticamente nuevo. Me iría de perlas. Probé a llamar al fabricante, pero me dijeron que no podían ayudarme.

—No, claro que no —dijo Micah.

—Por eso me preguntaba si podría venir usted a casa, a ver si puede hacer algo.

—¿Yo?

—Seguro que conoce algún truco especial.

—Me temo que no —contestó Micah.

—¿Nada? ¿No puede hacer nada?

—Pues no.

—Maldita sea.

—¿Cuál es la contraseña de internet?

—¿Qué?

—Ha dicho que había encontrado la contraseña de la línea de internet. ¿Cuál es?

—Pues... «Mildred63» —dijo la joven—. Mi abuela se llamaba Mildred y supongo que el 63 fue el año en el que se casó con mi abuelo.

—Pruebe a ponerla en el ordenador.

—Ya lo he hecho. Y después, toda clase de variaciones de esa contraseña. Ninguna funciona. Pero ¿lo ve? ¡Sí que sabe algunos trucos!

—No más de los que se le han ocurrido a usted —respondió Micah—. Según me ha dicho, ya lo ha probado.

—El iPod no tenía contraseña —dijo la clienta. Una pizca de esperanza se filtró en su voz, como si se aferrara a una promesa—. ¡Puedo utilizar el iPod sin problemas!

—Bueno, perfecto.

—Pero no puedo cambiar ninguna de las canciones, porque están vinculadas al ordenador. Y las canciones de mi abuela son muy sosas.

—Vaya —dijo Micah.

—Ya. Qué pena. Tipo música de ascensor, música de consulta de dentista.

—La compadezco.

—Entonces, ¿cree que podría venir a casa e intentar ayudarme? Imagino que tendrá usted una tarifa mínima. Sé muy bien que tendré que pagarle aunque al final no averigüe las contraseñas.

—Le aseguro que no podré averiguar las contraseñas —dijo Micah. Y añadió—: ¿Y en la alfombrilla del ratón?

—¿Eh?

—¿Hay algún pósit pegado debajo de la alfombrilla?

—Ya lo he mirado...

—¿Y debajo de la impresora? ¿Debajo de algún cajón del escritorio? ¿Debajo de la bandeja del papel?

—He buscado en todos esos sitios y nada.

—Entonces supongo que su abuela debía de utilizar alguna aplicación para contraseñas. En cuyo caso, me temo que no tendrá suerte.

—Pero por lo menos necesitaría una contraseña del ordenador para llegar a esa aplicación para las contraseñas, ¿no? —repuso Rosalie—. ¿A que tengo razón?

—No necesariamente, si confiaba en su memoria para acordarse de ese código.

—¿Está de broma? Tenía más años que Matusalén. Se escribía la dirección en la palma de la mano cada vez que tenía que ir en coche a algún sitio.

—Ah —dijo Micah.

—¿Se anima a venir ahora? Por favor... ¿Cuál es su tarifa mínima? —preguntó utilizando de nuevo su tono adulador.

—Ochenta dólares.

—Ochenta —repitió la joven—. Me lo puedo permitir.

—Ochenta solo por poner el pie en su casa, sin garantía de éxito. Es más, prácticamente con garantía de fracaso.

—No se preocupe —le aseguró ella—. Soy agente de préstamos.

—¿Es agente de préstamos?

—En el First Unified Bank. Tengo grandes reservas de capital a mi disposición.

—No lo dudo...

—Si fuera necesario, podría hacer un desfalco.

Con ese comentario por fin consiguió hacer reír a Micah.

—¿Dónde vive ?

—En Guilford.

—Bueno —accedió Micah. Y añadió—: Después no diga que no se lo advertí.

—¡Ya lo sé, ya lo sé! Me doy por advertida. Usted fracasará estrepitosamente y yo contendré mi decepción y le entregaré los ochenta dólares en efectivo.

Micah se echó a reír de nuevo y dijo:

—Entonces, de acuerdo. Usted decide.

Rosalie vivía en un edificio colonial de ladrillo con pasillo central, que lucía cortinajes de terciopelo marrón en las ventanas de la planta baja, la típica casa de una persona mayor, pero ella era una joven delgada y rubia, con vaqueros y un jersey de cuello alto de lana. Una cola de caballo le caía en picado desde lo alto de la cabeza (al verla Micah pensó en el penacho de una piña) y las comisuras de sus labios se curvaban hacia arriba de forma natural, como si hubiera nacido con aquella sonrisa.

—¡Tecnoermitaño! —lo saludó, alegre.

—Micah Mortimer —se presentó él.

—Hola, Micah. Soy Rosalie. Creo que podemos tutearnos, ¿no? Pasa, te enseñaré dónde está la bestia.

Micah se quitó la parca impermeable (seguía lloviendo) y la dobló con la parte seca hacia fuera antes de seguirla por el pasillo. Alfombra persa, empapelado de terciopelo en tono marrón, reloj señorial del abuelo con el característico tictac. Subieron la amplia escalera, recubierta por otra alfombra persa sujeta con barras de cobre que tintineaban con cada paso. En el descansillo, giraron a la izquierda y pasaron por lo que parecía el dormitorio principal. Justo detrás, en un extremo de una galería acristalada, había un gigantesco ordenador de sobremesa en un escritorio inmenso.

—Caray, sí que estaba bien equipada —murmuró Micah.

—Para mi abuela, solo lo mejor —dijo Rosalie.

La joven se acercó al ordenador, sin duda con la esperanza de que él la siguiera, pero en cambio, Micah se dirigió a un escritorio más pequeño situado en el otro extremo de la galería. Era un mueble más femenino, con un secante verde con marco de piel y muchos cajoncitos diminutos. Dejó la parca y la bolsa de herramientas en el asiento; luego levantó la lámina secante y puso al descubierto unos cuantos papelillos sueltos.

—Lo sé —dijo Rosalie, que se había reunido con él—. Parece prometedor, ¿a que sí? Pero no son más que tarjetas de visita, números de teléfono... —Cogió un recibo de un tono verde pálido y lo analizó—. Supongo que un día de estos tendré que ir a buscar su ropa a la lavandería.

—¿Sabías que ibas a heredar todo esto? —le preguntó Micah.

—No tenía la más remota idea. Es cierto que yo era su única nieta, pero di por hecho que le cedería todo a mi padre. En lugar de eso, me encontré con: «Toma, Rosalie; la casa y todos los muebles y una tonelada de cubertería y vajilla. Cazuelas y sartenes en la cocina, fuentes de porcelana en el trinchante». ¡Y yo que vivía en un piso cochambroso de alquiler! ¡Todas mis cosas eran de segunda mano! Ahora tengo un aparato eléctrico para hacer fondues y con pinchos de colores.

—Es como una bomba de neutrones —dijo Micah, casi para sí mismo.

—¿Una qué?

—Como cuando una bomba hace picadillo a todas las personas, pero deja los edificios intactos. Algunas veces pienso en eso. Imagínate entrar en una casa y decir: «Eh, mira, alguien se ha dejado un equipo de música profesional. La colección de vinilos. Y el..., no sé..., el televisor de plasma» o algo así. Y de entrada te alegras, pero luego, poco a poco, te das cuenta de que no tienes a nadie con quien compartirlo. Estás tan tan solo que deja de ser algo fantástico.

—Bueno, yo no diría que estoy sola —repuso Rosalie—. Hay por lo menos una docena de ancianas a mi alrededor que me traen pasteles y guisos.

Micah dejó sus pertenencias en el suelo. Se sentó en la silla y abrió uno de los cajones del escritorio.

—¿Te importa si echo un vistazo? —se le ocurrió preguntar después.

—Todo tuyo —contestó ella, y lo alentó con un gesto de la mano.

En el cajón había sellos de correos, una grapadora y una bolsa de celofán con gomas elásticas. Cerró ese cajón y abrió otro.

—Pensaba que a lo mejor podrías entrar en las tripas del ordenador o algo así —dijo Rosalie—. Pulsar algún botón secreto o girar alguna manivela invisible.

—Ya te lo advertí —le recordó Micah.

Pasaba las hojas de una agenda: de esas que se compran en los museos, con una lámina de un cuadro en la página de la izquierda y recuadros para todo el mes a la derecha. Todos los recuadros estaban vacíos.

—Es solo que me cuesta creer que las empresas de informática tengan tanta fe en las personas de a pie —dijo Rosalie—. ¿No saben que la gente se olvida de las cosas? ¿Pierde cosas? ¿No se las apunta? ¿Cómo pueden decir: «De acuerdo, amigos, aquí tienen un ordenador que cuesta mil dólares y que será total y absolutamente inútil si resulta que pierden la contraseña»?

—Yo diría más bien cinco mil dólares —repuso Micah con aire ausente.

Estaba echando un vistazo en una caja medio llena de postales navideñas, de las clásicas de paisajes nevados. Levantó varias tarjetas a la vez y luego una libretita minúscula de espiral con un muñeco de nieve con sombrero de copa alta y las palabras «Postales de Navidad enviadas y recibidas» grabadas en dorado con filigranas en la tapa. Unas diminutas pestañas alfabéticas recorrían el lado derecho de la libretita. Abrió una al azar.

—«Internet de George y Laura» —leyó en voz alta—. «Mildred63.»

—¡Oh! ¡Oh! —exclamó Rosalie.

Se dirigió a la pestaña de la O.

—«Ordenador de Judy: 1963mch.»

—¡Eres un genio!

Le entregó el directorio a la joven.

—Es un truquillo que nos enseñaron en la Facultad de Informática —contestó Micah.

—¿En serio?

—No, era broma. —Se inclinó para abrir la bolsa y sacar el taco de los recibos.

Rosalie estaba pasando las hojas.

—«Caja fuerte de Dan y Jean» —leyó en voz alta—. «Tres veces a la izquierda, hacia el cuarenta y cuatro, dos veces a la derecha hasta...» ¡Ni siquiera sabía que mi abuela tuviera una caja fuerte! Me pregunto dónde estará.

—Me da la impresión de que vas a pasarte meses descubriendo cosas —dijo Micah mientras rellenaba la factura—. Será Navidad todos los días.

—¡Ay, Micah! Te estoy tan, pero tan agradecida... ¡No puedo creer que lo hayas conseguido!

Micah arrancó la copia que era para la clienta y se la entregó. Luego cerró la cremallera de la bolsa de herramientas y se levantó.

—Bueno, disfruta del ordenador de Judy.

—¡Uy, sí, esa es mi intención! —dijo Rosalie.

Salió tras él de la galería y cruzaron juntos el dormitorio. Saltaba a la vista que no era la habitación de una persona joven. La cama estaba adoselada y cubierta con una colcha en un blanco roto hecha de encaje o ganchillo o algo parecido, y la tenue pintura al óleo que había encima de la cabecera mostraba a un niño arrodillado, rezando.

—Entonces, en teoría —dijo Micah, e hizo una pausa para mirar alrededor—, nunca más tendrás que comprar nada salvo comida. Incluso dispones de todo un guardarropa nuevo. Si tienes frío, basta con que fisgues en el armario y elijas un jersey.

—Bueno, en teoría sí —dijo Rosalie.

Acto seguido se echó a reír y se dio la vuelta para abrir uno de los cajones de la cómoda. Sacó un sujetador gigante: un artilugio en rosa carne con mastodónticas copas redondas con puntadas a la vista, que se parecía más a una armadura que a una prenda de lencería. Se lo puso sobre la ropa pasando los dos tirantes por los brazos. Incluso con su abultado jersey de cuello alto, parecía ridículamente pequeña en comparación con aquello.

—¡Tachán! —exclamó, y realizó un bailecito propio de un duende sobre la alfombra.

Micah no pudo evitar sonreír.

Una vez abajo, en el vestíbulo, Rosalie metió la cabeza en un armario para los abrigos y resurgió con un bolso en la mano.

—¿Y qué me dices del bolso? —preguntó Micah mientras guardaba los billetes que le había entregado Rosalie.

—¿Qué pasa con el bolso?

—¿Es tuyo o de tu abuela?

—Ah, es mío.

Por supuesto, ya se lo había imaginado. Era pequeño y elegante, hecho de pedacitos multicolores de vinilo cosidos.

—Ahora ya sabes dónde vivo —dijo Rosalie cuando llegaron a los peldaños de entrada.

Micah echó un vistazo al número de la casa, perplejo.

—Y también tienes mi número de teléfono —añadió la joven—, por si te apetece que nos veamos otro día.

—Eh, claro, claro —dijo Micah—. Hasta otra.

Y se abrigó bien con la parca antes de tomar el camino de entrada.

Llovía de esa forma intermitente que lo obligaba a ir ajustando los limpiaparabrisas a cada momento; el tráfico discurría despacio. Tardó el doble de lo habitual en llegar a casa. Una vez allí, despegó el cartel magnético en cuanto salió del coche. Quien quisiera llamarlo por trabajo a partir de ese momento tendría que esperar hasta el lunes, así de sencillo.

Entró en la cocina y dejó el imán gigante y la bolsa de herramientas en el suelo. Después colgó la parca en el pomo de la puerta. Abrió el frigorífico y se quedó mirándolo un instante, pero acabó cerrándolo. Aún era temprano para una cerveza. Y demasiado tarde para otro café. Ni siquiera le apetecía nada; simplemente habría deseado que le apeteciera algo. De hecho, ahora se preguntaba por qué había estado tan ansioso por llegar a casa.

Fue al dormitorio, donde dejó la cartera y las llaves en la bandejita de la cómoda. Sin pensarlo, abrió el cajón superior derecho y miró lo que contenía. Camisón, cepillo...

Cerró el cajón y reflexionó un momento. Después sacó el teléfono del bolsillo y seleccionó CASSIA SLADE en su lista de favoritos.

—¿Hola? —contestó Cass.

El tono interrogativo ya le pareció una mala señal, pues sin duda sabía quién la llamaba.

—Hola... —dijo Micah para tantear.

—¡Eh, qué tal! —dijo Cass.

Se sintió aliviado.

—Hola —repitió él como un idiota.

—¿Cómo estás? —le preguntó ella.

—Estoy bien. —Carraspeó y añadió—: He pensado que podría devolverte tus cosas. Lo que tenías guardado en mi cómoda.

—Ah.

—¿No te pillo en buen momento? —preguntó él.

—No, no es eso...

—A ver, si lo prefieres, puedo mandártelas por mensajero.

—No, no, puedes traérmelas tú.

—Vale —dijo Micah. Se quedó un instante callado—. ¿Ahora? —preguntó.

—Ahora me va bien.

—¿O preferirías que te avisara con más tiempo?

—He dicho que ahora me va bien —repuso Cass, y Micah creyó notar un ápice de exasperación en la voz.

—De acuerdo —se apresuró a decir—. Pues nos vemos dentro de unos minutos.

—Vale.

Micah colgó y se miró en el espejo que había encima de la cómoda. Se pasó la mano por toda la cara y la estiró, como si quisiera deformarla. Después recogió la cartera y las llaves de la bandeja y fue a la cocina a buscar una bolsa de papel.

La calle de Cass estaba abarrotada de coches aparcados. Todos sus vecinos debían de estar en casa: era fin de semana y no les apetecería salir con la lluvia. Aun así, Micah encontró un hueco bastante cerca del portal. Guardó las gafas y se subió la capucha de la parca, y después cogió la bolsa del asiento trasero y se dirigió al edificio con paso ágil y apretando los labios como si silbara una canción, aunque en realidad no lo hacía. (Quién sabe; a lo mejor Cass estaba mirándolo desde la ventana.)

El portal olía como siempre a moho por el jarrón de paniculata seca que había en la mesita auxiliar. El crujido de la escalera bajo sus pies le recordó a todas las veces que la había bajado de puntillas, para evitar que lo abordara la señora Rao, del piso de abajo; le gustaba acorralar a la gente y ponerse a charlar. Al llegar al rellano, se pasó la bolsa a la mano izquierda, para poder llamar al timbre de Cass.

Cuando ella le abrió, cargaba con una regadera. Iba vestida con pantalones de pana y una camisa blanca de hombre, su típico atuendo de fin de semana. Micah recordó aquellos fines de semana juntos haraganeando en el sofá junto a un montón de periódicos desperdigados, o preparando algún plato juntos, o viendo una serie de Netflix. Pero la expresión de Cass no era demasiado hospitalaria. Daba la sensación de que tenía ganas de acabar con aquel trámite cuanto antes.

—Hola —dijo Micah. Y después, al ver que ella no decía nada, añadió—: ¡Toma! —Y le tendió la bolsa con brusquedad.

Ella la aceptó y dijo:

—Gracias. No hacía falta que lo trajeras.

—Bueno, me apetecía. Me refiero a...

—Claro. Así te queda libre el cajón. —Cass miró el contenido de la bolsa—. Debería haber pensado en llevarme todo esto cuando me fui de tu casa.

—¿Cómo ibas a pensar en llevártelo? —preguntó Micah.

—¿Qué?

—Quiero decir que cuando te marchaste, no sabías que no ibas a volver, ¿no? ¿O sí? O sea..., ¿ya lo sabías?

—¿Qué? ¡Claro que no!

—Porque yo creía que habíamos pasado una velada de lo más agradable —dijo él.

Allí fuera, en el rellano, su voz tenía una resonancia extraña. Le preocupaba que la señora Rao pudiera oírlo y confiaba en que Cass lo invitara a pasar. Pero ella se limitó a quedarse plantada en el umbral, con la bolsa de ropa y la regadera en las manos.

—Corrígeme si me equivoco —dijo Cass—. ¿Te refieres a la noche en la que me aconsejaste que me fuera a vivir a mi coche?

Micah se puso rojo como un tomate.

—Era una broma —contestó—. Muy mala, lo reconozco. Te debo una disculpa. Sé que estabas estresada por lo del piso. No debería haberte tomado el pelo.

Nunca le resultaba fácil decir «Lo siento», como sin duda ya debía de saber Cass. Micah contuvo la respiración y esperó a que la expresión de su exnovia se suavizara.

Sin embargo, no ocurrió eso. Por el contrario, le dijo:

—No, tenías razón, Micah. Supongo que sí que intentaba cambiar las reglas, tal como dijiste. Fue una idea absurda.

—No te preocupes —respondió Micah.

Entonces sí que mudó de expresión. Micah no sabía decir en qué sentido se había modificado, pero percibió un ligero cambio en el ambiente mismo del descansillo.

—Gracias de nuevo por traerme las cosas. Adiós —se despidió Cass.

Y entró en el apartamento y le cerró la puerta en las narices.

Durante un minuto entero, Micah se quedó inmóvil. Tardó un buen rato en recobrarse. Luego, por fin se dio la vuelta y empezó a bajar la escalera.

Antes de salir del edificio, sacó la llave de Cass de su llavero y la dejó en la mesita auxiliar. Ya no volvería a necesitarla.

En Northern Parkway, el carril lateral estaba cerrado. Había varios camiones de obras aparcados a lo largo de la mediana, así que los conductores tenían que desviarse para luego incorporarse al único carril que continuaba abierto. Micah frenó y esperó, mirando fijamente hacia delante a través de los limpiaparabrisas, que subían y bajaban. La espera fue tan larga que cuando oyó que le llegaba un mensaje de texto, decidió arriesgarse a consultarlo. ¿Quién sabía? Podía ser Cass. («¡Vuelve! No sé por qué he actuado de esa manera», le diría, quizá.) Sin desviar la mirada del limpiaparabrisas, sacó el móvil del bolsillo y apretó con el pulgar en el botón de inicio. Luego echó un vistazo fugaz a la pantalla.

Pero solo era Rosalie. «A que no adivinas lo que encontré en la caja fuerte tres relojes y el broche más feo del mundo un pavo hecho de esmeraldas. ¡Qué divertido!»

Micah levantó la mirada hacia el limpiaparabrisas.

«¿Alguna vez ibas de compras con tu madre cuando eras niña? —le entraron ganas de preguntar a alguien. (¿A Rosalie? ¿A Cass?)—. ¿Alguna vez fuiste con ella por una acera atestada de gente, en la época en la que eras tan pequeña que en realidad caminabas junto a sus zapatos y el bajo de su abrigo? Y entonces, ¿cómo pudo pasar?, te aventuraste a mirar hacia arriba y te quedaste horrorizada al descubrir que ¡no era tu madre!; era una mujer completamente distinta con el pelo de un color diferente. ¡No era quien querías que fuera! ¡Todo lo contrario!»

Esa fue la razón por la que cuando por fin pudo poner el coche en marcha, guardó el móvil en el bolsillo, levantó el pie del freno y no llegó a responder a Rosalie.

7

El domingo por la mañana, la lluvia había cesado por fin, pero el cielo seguía de un blanco grisáceo y el ambiente se notaba húmedo y fresco. Micah se puso vaqueros largos en lugar de los pantalones cortos que siempre usaba para correr, pero ni siquiera así logró sudar, ni siquiera al verse obligado a saltar un charco tras otro y frenar de vez en cuando a causa de los montículos de hojas mojadas. Así pues, al llegar a casa se saltó la ducha y, dado que era su día libre, también se saltó el afeitado y se permitió un antojo dulce para desayunar. Sin embargo, después de eso ya no se le ocurría qué otros caprichos darse en un día como aquel. ¿Ver la televisión? No había nada salvo tertulias. ¿Leer un libro? No encontró en casa ninguno que no hubiera leído ya. Empezó a jugar al solitario con el móvil, pero le dio la vuelta al teléfono en un arrebato en mitad de la partida. Fue al despacho a trabajar en su manual, pero incluso el prefacio le pareció insalvable. «Muy bien, conque te has comprado un ordenador», empezaba. El tono desenfadado, casi de colegueo, le resultó artificial..., o directamente bochornoso, a decir verdad.

Decidió ir caminando hasta el punto de intercambio gratuito de libros y elegir uno. Por norma general, llevaba algún libro que hubiera cogido allí y lo dejaba de nuevo, pero en ese momento no lo encontró. Ni siquiera se acordaba del título; eso demostraba cuánto tiempo hacía que no leía nada. Tenía que asumirlo: era un soso.

De todos modos, se puso en marcha, salió por el sótano y subió por la escalera hasta el vestíbulo del edificio. Pero cuando llegó a los peldaños de la entrada, se topó con una ambulancia aparcada en la acera. Todas las luces del vehículo centelleaban, las puertas traseras estaban abiertas de par en par y dos enfermeros cargaban una camilla en la que estaba tumbada Luella Carter, con una especie de mascarilla que le tapaba toda la parte inferior de la cara. Donnie Carter le daba golpecitos en los tobillos y le preguntaba: «Cariño, ¿estás bien? ¿Estás bien?». Un chiquillo del barrio miraba por la ventanilla del copiloto de la ambulancia hacia los mandos del salpicadero.

Micah se acercó a Donnie y le preguntó:

—¿Qué sucede?

—Se ha puesto peor —contestó este.

Era un hombre enjuto y menudo (más que su mujer), y durante el transcurso de la enfermedad de ella parecía haber encogido todavía más y había perdido todo el color.

—Habría podido llevarla yo en el coche —añadió—, pero me entró miedo de que tuviera un ataque o algo así y acabáramos los dos en la cuneta.

—¿Necesita que lo acerque al hospital?

—Tranquilo, ya me las apaño. Pero gracias de todos modos. Le agradezco el detalle.

Se apartaron y observaron a los enfermeros de urgencias mientras cerraban de golpe las puertas posteriores. Luella no había dicho ni una palabra (lo más probable era que no pudiese, con la mascarilla puesta), pero algo en su forma de apretar las manos sobre el pecho sugería que al menos estaba consciente.

—Bueno —le dijo Micah a Donnie—, avíseme si puedo hacer algo por usted, ¿de acuerdo?

—Descuide, lo haré. Gracias de nuevo —dijo Donnie, y se dio la vuelta para ir al aparcamiento.

La ambulancia bajó de la acera con las luces todavía parpadeando pero sin la sirena, algo que Micah interpretó como un buen augurio. El niño de los vecinos la observó apenado hasta que desapareció al doblar la esquina. Y entonces, junto a la tienda de ropa de segunda mano, Micah vio a Brink, que también observaba la escena.

En la tienda de ropa de segunda mano (que en realidad no tenía nombre ni letrero, más allá de un ROPA DE SEGUNDA MANO escrito de forma apresurada en un cartón de camisa pegado al escaparate) siempre colocaban una mesa con ofertas junto a la puerta los fines de semana. Brink se hallaba al lado de esa mesa con una bolsa de la compra de plástico azul colgando de una mano. Tenía los ojos fijos en Micah, pero no sonreía ni hablaba.

—¿Brink? —dijo Micah.

—Eh, hola —lo saludó el muchacho.

—¿Qué haces por aquí? —Micah tuvo que alzar un poco la voz para que le oyera, pues los separaban unos cinco metros.

—Bueno... —contestó Brink, y levantó la bolsa de plástico. Dentro había un rebullón de tela—. Necesitaba ropa de recambio.

Era cierto que su camisa blanca estaba arrugada y sucia, y el cuello ya no se sostenía tan tieso por la parte de atrás. Incluso la americana de pana parecía haber pasado a mejor vida.

—¿Llevas toda la semana con la misma ropa? —dijo Micah.

Era lo que menos le interesaba; no sabía muy bien por qué se lo había preguntado. Sin embargo, Brink se tomó en serio la pregunta.

—Me he comprado un jersey —dijo, y rebuscó en la bolsa hasta encontrar una sudadera verde bosque con la palabra ADULTO escrita en letras blancas en la parte delantera.

—¿«Adulto»? —preguntó Micah.

—Necesitaba algo de manga larga.

Volvió a meter el jersey en la bolsa. Todavía no se había acercado más, y Micah (tan cauteloso como si Brink fuese algún huidizo animal abandonado) tampoco se atrevió a aproximarse. Desvió la mirada y preguntó:

—¿Puedo invitarte a un café?

—Claro —dijo Brink.

Entonces sí se acercó (no era tan huidizo, al fin y al cabo), balanceando la bolsa de plástico al caminar.

Micah sintió una especie de revelación, como si de repente tuviera una misión. Acompañó al muchacho al edificio mientras elucubraba cómo avisar a Lorna sin que Brink se diera cuenta. Y no solo eso: cómo lograr que se quedase hasta que su madre llegara. Le hizo un gesto al chico para que lo precediera por la escalera, no fuera que le diese un arrebato y se diera la vuelta, y no paró de hablarle para distraerlo.

—La señora de la ambulancia era Luella Carter. Una de nuestras vecinas. Tiene cáncer.

—¿De verdad?

—Sí, y le he dicho a su marido que si quería, podía acercarlo al hospital, pero me ha dicho...

Para entonces ya habían pasado por delante del cuarto de la colada. Micah dio un paso al frente para abrir con llave la puerta de su casa, y Brink aprovechó la ocasión para volver a mirar dentro de su bolsa de la compra.

—Buscaba también bóxers, pero no he encontrado —le dijo a Micah.

—Vaya, no creo que...

De pronto, algo en la sala de estar le resultó revelador a Micah. Su falta de objetivos y su aburrimiento previos aún pendían en el aire como el olor que queda después de cocinar. Pero Brink no pareció darse cuenta; se estaba quitando la americana. En cuanto entraron en la cocina la arrojó sobre la silla más cercana y dejó la bolsa de la compra en la mesa para poder desabrocharse los dos botones superiores de la camisa y quitársela por la cabeza.

—Me entran ganas de quemar esta camisa —le dijo a Micah.

Sacó el jersey nuevo de la bolsa y se lo puso. Primero le costó pasar la cabeza por la abertura del cuello, pero luego deslizó los brazos por las mangas con una agilidad admirable.

—¿Te gusta? —le preguntó a Micah.

—Te sienta bien.

Micah empezó a llenar la cafetera con agua del grifo.

—Donde me he quedado estos días no venden nada de ropa, nada —le dijo Brink—. Ni nueva ni usada. Solo alcohol y tabaco, básicamente. Y gasolina. Refrescos. Números de lotería. Patatas fritas con sabor a cangrejo.

—¿Dónde es? —le preguntó Micah.

—¿Qué?

—¿Dónde te has instalado?

—¿El Hamid? ¿El Hajib? El no sé qué. No sé ni cómo se llama.

—¿Un hotel?

—Más bien un motel. O quizá ni llegue a eso. En el cartel dice «Estilo europeo», pero eso solo significa que hay un único baño por planta. Está bastante lejos del centro, casi en las afueras. En dirección a Washington, más o menos.

—Entonces... —dijo Micah. Dio unos golpecitos con el dedo, nervioso—. Entonces, ¿te has movido mucho por la ciudad?

—Ah, voy en taxi.

—Vas en taxi.

Micah negó con la cabeza. Vertió café molido en el filtro de la cafetera.

—Bueno, no querrás que alquile un coche —contestó Brink—. Si lo hiciera, dejaría el rastro de la tarjeta de débito.

«Adulto —pensó Micah—. Muy bien.»

—¿Has buscado trabajo?

—¿Trabajo?

Micah encendió la cafetera y luego se volvió para mirar a Brink.

—Mira, ¿sabes qué voy a hacer? Voy a llamar a tu madre para que venga a buscarte.

—¡No! —exclamó Brink.

Pero era innegable que un centelleo de puro alivio le cruzó el rostro.

—¿Prefieres que siga preocupada? —dijo Micah. (Ay, qué diplomático podía ser cuando las circunstancias lo requerían.)—. ¡Está hecha polvo!

—¿Te lo ha dicho ella? —preguntó Brink.

—No hace falta que me lo diga. Se le nota.

Brink lo miró con atención.

De cerca, Micah se fijó en los escasos pelos negros que poblaban el bigote de Brink: uno aquí, otro allá, el vello azaroso de alguien demasiado joven para necesitar afeitarse a diario, aunque no le habría ido mal. Y tenía ojeras y bolsas bajo los ojos, como si no hubiera dormido muy bien últimamente.

En un arranque de valor, Micah sacó el teléfono del bolsillo y tecleó el número de Lorna.

Esta descolgó antes de que se oyera el primer tono siquiera, y Micah tuvo la impresión de que había estado aguardando la llamada con desesperación.

—¿Micah? —contestó.

—Hola, Lorna. Te paso a Brink.

Sin esperar a oír su reacción, le tendió el aparato al chico. Pero este se apartó y empezó a mover los brazos en zigzag por delante del pecho.

—No —articulaba con los labios sin emitir sonidos—. No.

Micah volvió a llevarse el teléfono al oído.

—Pensándolo mejor, quizá no —le dijo a Lorna.

—¿Qué? Pero está contigo, ¿verdad? —le preguntó—. ¿Está en tu casa?

—Exacto.

—¿Y está bien?

—Sí.

—Retenlo. Voy ahora mismo —dijo Lorna. Y colgó.

Micah se guardó el móvil en el bolsillo.

—Menuda manera de hacer que se sienta mejor —le dijo a Brink.

—¿Ha dicho eso mi madre? —preguntó el chico.

—Si querías saber qué decía, deberías haber hablado con ella.

—¿Te ha preguntado cómo estoy? ¿Estaba cabreada conmigo? Dime sus palabras exactas.

Micah puso los ojos en blanco.

—¿Qué? ¿Estaba con mi padre? ¿Tú qué crees?

—Lo único que puedo decirte es que quiere que te retenga aquí hasta que llegue.

—¿Va a venir ahora mismo?

—Eso me ha dicho.

—¿Crees que estaba mosqueada?

—No lo sé, Brink, ¿vale? —contestó Micah. Y luego aña-dió—: En mi opinión, sobre todo está preocupada por ti.

—Sí, claro —dijo Brink.

—¿No me crees?

—Bueno, todo el mundo piensa que es muy comprensiva y empática —dijo Brink—, pero puede ser muy muy severa; créeme, sé de lo que hablo.

La confesión no sorprendió tanto a Micah. Tuvo un repen-tino flashback de cuando Lorna le había asermonado por beber cerveza; recordó la expresión solícita que había puesto, el modo en que parecía disfrutar del sabor de sus propias palabras cuan-do le dijo: «Mi fe no me permite quedarme sin hacer nada viendo cómo te arruinas la vida, Micah». «Mi fe»: Micah sentía una especie de envidia cada vez que oía esa expresión. Entendía el punto de vista de Brink, al menos en parte. Pero entonces, el chico preguntó:

—¿Por qué todo el mundo es tan crítico conmigo?

—Es un misterio, desde luego —dijo Micah.

—Mis padres, mi abuelo, ¡incluso el maldito entrenador de lacrosse!

Micah descolgó dos tazas de sus ganchos.

—¿El entrenador de lacrosse es la razón por la que has deja-do la universidad?

—¿Qué? No, me refiero al del instituto.

—Y por cierto: ¿por qué has dejado los estudios? —pregun-tó Micah, pero continuó dándole la espalda, para no parecer interesado.

—Porque me dio la gana, ¿vale?

Micah dejó el azucarero en la mesa.

Brink miró el teléfono para ver si tenía mensajes. Parecía decepcionado con lo que vio.

—Tuve que comprar un cargador cutre en Rite Aid —le contó a Micah, y volvió a guardarse el móvil en el bolsillo—. Tarda por lo menos tres veces más en cargar el móvil que mi cargador normal.

Micah chasqueó la lengua.

La cafetera soltaba el último estertor. En cuanto acabó, Micah llenó dos tazas y le tendió una a Brink.

—Gracias. —La llevó a la mesa para ponerle azúcar, pero no se sentó a beber el café—. ¿Te importa si veo la tele? —preguntó a Micah.

—Como si estuvieras en tu casa —respondió este.

Por lo menos era una manera de retenerlo hasta que llegase Lorna, supuso mientras Brink salía de la cocina. Aunque ¿a quién quería engañar aquel chico? Estaba desesperado por que lo retuviera. ADULTO o no, no estaba en absoluto preparado para vivir por su cuenta.

El televisor del despacho de Micah se encendió: primero, una sucesión de voces muy adultas debatiendo en serio, y luego, un cambio repentino al tipo de música saltarina que acompañaba a los dibujos animados. Micah empezó a adecentar la cocina, haciendo una pausa de vez en cuando para tomar sorbos de café. Cuando terminó fue al despacho, donde se encontró a Brink no tumbado en el sofá, como esperaba verlo, sino de pie junto al ordenador, hojeando el libro *Primero, enchúfalo* mientras dos niños hablaban sobre los cereales del desayuno en la pantalla.

—¿Lo escribiste tú? —preguntó Brink con el manual en la mano.

—Pues sí.

—Y qué, ¿lo compra mucha gente?

—Algunos.

Brink cerró el manual y contempló la cubierta.

—¿Sabes mucho de videojuegos? —preguntó.

—En realidad no.

—Entonces, ¿ni siquiera juegas?

—No me gusta que la pantalla esté llena de cosas que aturden —dijo Micah—. Que salen de la nada. Aparecen de forma azarosa. Desorganizada.

—Ya veo —dijo Brink con tono pensativo. Parecía un médico evaluando los síntomas de su paciente.

—Aunque sí me gustaba mucho jugar al Tetris, hace una eternidad.

—¡El Tetris!

—Ya sabes, ese en el que caen ladrillos que...

—Ya sé cuál es —dijo Brink—. Es solo que está tan pasado de moda... Ni siquiera lo llamaría videojuego.

—Bueno, algún día Fortnite, tu favorito, también estará pasado de moda, ¿eh? —respondió Micah—. Es más, algún día ni siquiera tendremos videojuegos. Ni siquiera tendremos ordenadores. Los habrán hackeado todos y volveremos todos al correo postal y a comprar en tiendas físicas, y el mundo volverá a girar a una velocidad racional.

—Eso es una tontería como un pino —dijo Brink.

—¿Lo ves? Eso te demuestra que no soy tu verdadero padre —le dijo Micah.

—Sí, claro. Como a mi falso padre le encantan los videojuegos...

—¿En serio?

—Era broma.

—Ah —dijo Micah. Le sorprendió un poco que Brink fuese capaz de bromear.

Miró la hora. Eran las once y veinte. ¿A qué hora había llamado a Lorna? ¿A las once en punto? ¿Más tarde?

El tiempo discurría ciertamente despacio.

Se sentó en el borde del sofá cama y miró hacia el televisor. Brink había cogido el mando a distancia y saltaba de un canal a otro. Se detuvo en una carrera de automovilismo, pero luego continuó. Una película en blanco y negro, tal vez de la década de los cuarenta, apareció en pantalla; un hombre y una mujer discutían con las voces forzadas y metálicas típicas de esos años, como si hablaran desde un escenario. Brink apagó el televisor y se sentó junto a Micah. El silencio repentino fue una bendición.

—Bueno, ¿y de qué hablasteis? —le preguntó Brink sin más preámbulo.

—¿Perdona?

—Cuando mi madre vino a ver si estaba aquí. Eh..., ¿hablasteis de los viejos tiempos?

—En realidad, no —dijo Micah.

—Creía que tal vez os pondríais a hablar de si habría sido mejor seguir juntos.

—No salió el tema —dijo Micah en voz baja.

—¿Quién plantó a quién? ¿Fuiste tú o fue ella?

—Se me ha olvidado.

Brink se repantingó en el asiento.

—Apuesto a que fue ella —dijo al fin—. Por cómo me lo dijo: pensaba que eras el amor de su vida «en aquella época». Eso significa que luego se desilusionó.

Micah no respondió.

—Aunque supongo —añadió Brink— que alguien también podría decir eso si la otra persona le hiriera el orgullo al romper con ella.

—¿Qué hacemos con la comida? —le preguntó Micah.

—¿La comida?

—¿Tienes hambre?

—¡Me muero de hambre!

—Pues vamos. Voy a prepararla ahora mismo —dijo Micah, y se incorporó de un brinco—. *Hambug-guesas*, ¿te *paguece* bien?

—¿Eh?

—Hamburguesas. Al estilo francés —aclaró Micah.

Se sentía más animado ahora que tenía un objetivo.

Se dirigió a la cocina y Brink lo siguió. Micah sacó la carne picada de la nevera.

—Y algo de verdura para acompañar... —murmuró para sí mientras revolvía en el cajón de las verduras de la nevera.

—No pensarás ponerles cosas raras a las hamburguesas, ¿verdad? —preguntó Brink.

—Nunca *jamé* —le aseguró Micah.

—Entonces, ¿qué tienen de francesas?

—A mí, nada más. Me gusta hablar como un francés mientras cocino.

Brink lo miró con recelo.

—Me temo que no tenemos pan de hamburguesa —le dijo Micah. Había desenterrado unas cuantas zanahorias y media lechuga romana, que colocó en la encimera, junto con la carne—. Compré la carne picada para hacer espaguetis, pero dudo de que te gustase mi receta especial.

—¿Cuál es tu receta especial? —preguntó Brink.

—Bueno..., uno de los ingredientes es salsa de tomate Campbell.

—Repugnante.

—*Potage à la tomate!*

—Qué raro eres —dijo Brink. Se dejó caer en una de las sillas de la cocina (en la que no estaba su ropa amontonada), sacó el móvil del bolsillo y escrutó la pantalla. Por supuesto, no encontró nada de interés. Volvió a guardarlo y puso la silla en equilibrio sobre las patas traseras—. ¿Crees que vendrá con mi padre? —preguntó.

—Ni idea —contestó Micah, que estaba haciendo albóndigas con la carne para luego aplastarlas.

—Porque a mamá no le pirra conducir. A lo mejor le pide a mi padre que la traiga en coche.

—O a lo mejor él quiere venir porque está preocupado por ti —dijo Micah.

—Yo no pondría la mano en el fuego.

Entonces sonó el teléfono de Micah. La silla de Brink hizo un ruido al echarse hacia delante y el muchacho miró expectante a Micah.

D L CARTER, leyó Micah en la pantalla. Contestó la llamada.

—Hola, Donnie.

—Hola, Micah.

—¿Qué tal Luella?

—Está bien. Ahora respira mejor. Me siento bobo por haber llamado a urgencias.

—Qué va, no fue ninguna bobada.

—Bueno, quería que lo supiera, ya que justo pasó por allí y tal. Imaginé que le gustaría saber cómo sigue.

—Claro —dijo Micah. Se sintió mal porque, en el fondo, no había vuelto a pensar en aquella señora—. Me alegro de saber que las cosas van bien.

—Bueno, se lo agradezco. Es usted un buen hombre, Micah.

—No tanto... En fin, cuídense, ¿de acuerdo?

—Desde luego —dijo Donnie.

Micah pensó un instante.

—Bueno, entonces, adiós —dijo al cabo.

—Adiós —respondió Donnie.

Micah colgó.

Cayó en la cuenta de que debería haberle preguntado si Luella tendría que quedarse a pasar la noche en el hospital.

Algunas veces, cuando trataba con la gente, sentía que operaba una de esas máquinas de feria con una especie de pinza con la que uno intentaba pescar un premio, pero con controles muy poco manejables que desplazaban el artilugio con demasiado retraso.

Echó en una sartén un pellizco de sal ahumada con madera de nogal (miró de reojo a Brink para asegurarse de que no se daba cuenta) y esperó a que se calentara antes de añadir las hamburguesas. Después se puso a pelar zanahorias. La sartén emitía un siseo tan fuerte que Micah tardó un instante en percatarse de que Brink había dicho algo.

—¿Perdona? —le preguntó Micah.

—Las hamburguesas me gustan tirando a hechas.

—Tomo nota —dijo Micah.

—Lo digo por si dudabas.

—De acuerdo.

Hubo un silencio. La sartén siseó y crepitó.

—Imagino que debes de pensar que soy un pijo malcriado —dijo Brink al cabo de un momento.

Micah lo miró por encima del hombro.

—¿O no? —preguntó Brink.

—Bueno..., en parte sí.

—Crees que debería buscarme un trabajo en la construcción, ¿verdad?

Micah dejó las zanahorias peladas en la tabla de cortar y fue por un cuchillo.

—Pero no es culpa mía que mis padres no vivan en la miseria.

Micah cortó las zanahorias en rodajas y las puso en un cuenco. Después dijo:

—Cuando tu madre estaba embarazada de ti, tuvo que pedirle a su iglesia que le buscara un sitio donde vivir. Se las tuvo que ingeniar para acabar la carrera con un bebé en camino y sin marido que la apoyara ni familia que la ayudara a salir adelante.

—¿Qué? ¿Cómo lo sabes?

—Me lo contó ella. ¿Nunca se lo has preguntado?

—Pues no.

—Y el caso es que ahora tú la estás matando a disgustos solo porque en tu universidad privada de marras no te dejan, no sé, entrar en tu fraternidad favorita o algo así.

—Me pillaron copiando —dijo Brink.

Micah dejó de cortar hojas de lechuga y se volvió hacia él.

—Compré un trabajo trimestral por internet y se dieron cuenta de que era un plagio —explicó Brink—. Mi profesor tenía una especie de programa que reconoce material que ya esté colgado en internet. ¿Quién lo iba a decir, eh? Así que el jefe de estudios me dijo que tenía que ir a casa y confesárselo a mis padres, y que luego los cuatro nos reuniríamos en su despacho. Para hablar de cómo «superar este escollo y seguir adelante», así lo dijo. Si es que «íbamos a seguir adelante», añadió. Como si cupiera la posibilidad de que me echaran. ¡Por una sola falta! ¡Por un mísero trabajo trimestral! El caso es que fui a casa, pero no me vi capaz de contárselo. Sabía que mi madre se habría puesto muy triste y mi padre se lo habría tomado como algo personal. Del tipo: «¿Cómo puedes hacernos esto, hijo mío? No hay excusa... Un trabajo de lo más sencillo...», me diría. «¡Un ridículo trabajo de primero sobre el tema más fácil del mundo!»

—¿De qué trataba? —preguntó Micah.

—Del ensayo *Confía en ti mismo*, de Ralph Waldo Emerson.

Micah se volvió al instante y le dio la vuelta a una hamburguesa, que seguía en la sartén.

—Todas las mañanas me levantaba pensando que ese sería el día en que se lo contaría. Imaginaba que primero se lo diría a mamá y luego ella se lo contaría a mi padre. Pero después no podía hacerlo, no sé por qué, así que al final me marché. Pensé en quedarme en casa de un amigo que ahora va a la Universidad George Washington, pero resultó que estaba demasiado liado con su..., bueno, con su vida, así que vine aquí porque no se me ocurrió ningún otro sitio.

—Cuando estaba en tercero de primaria, se me olvidó cómo se escribía «buhardilla» —le dijo Micah—. Habíamos estudiado la hache intercalada y sabía que tenía que haber una por alguna parte. Pero no sé por qué, «buhardilla» se me resistía, me sonaba raro. El caso es que levanté la mirada hacia el reloj y bostecé y entonces, casi sin querer volví la cabeza hacia un lado y vi cómo la había escrito el chico que tenía sentado más cerca. Tuckie Smith: siempre me acordaré de él.

—¿Lo ves? —dijo Brink—. Ahora ya sabes por qué intuía que eras mi padre.

—No, espera. Lo que quiero decir con esto es que absolutamente todos hemos hecho algo parecido alguna vez. ¿Acaso crees que tus padres no lo han hecho nunca?

—Mi madre seguro que no —contestó Brink.

—Eh, bueno...

—Y seguramente mi padre tampoco, o si lo hizo, jamás lo admitiría. «Los Adams nunca hacemos trampa», me diría. «Nos has decepcionado, hijo mío.»

—Bueno, vale —continuó Micah—. Entonces le dices: «Ya lo sé, y también me he decepcionado a mí mismo, pero no volveré a hacerlo». Luego os sentáis todos en el despacho del jefe de estudios y escucháis su sermón, y después, asunto resuelto. Pasáis a otra cosa. Porque te juro que no te echarán. No por una primera falta.

—Pero podrían suspenderme —dijo Brink.

—¿Y qué? Pues suspendes una asignatura. Cosas peores han pasado.

Micah sirvió en el plato una de las hamburguesas, medio cruda para él, y dejó la otra un poco más en el fuego.

—Oye —dijo Brink—, ¿no podría quedarme a vivir contigo?

—Lo siento, colega.

Mientras aderezaba la ensalada con un aliño de bote, Micah esperó a que Brink se quejara. Pero no lo hizo. Se quedó callado. Lo más probable era que ya supiera qué iba a responder Micah antes de preguntárselo.

Habían terminado de comer y de fregar los platos (Brink los secó con poca traza) cuando por fin sonó el timbre del portal. En ese momento, Micah estaba sentado en el sofá de la sala de estar con el periódico dominical, fingiendo leer el resultado del partido del campeonato de béisbol de la tarde anterior, aunque no le interesaba en absoluto ninguno de los dos equipos. Por su parte, Brink había vuelto al despacho y estaba viendo lo que parecía una película de gánsteres.

«Bzzzz», sonó el portero automático; en realidad parecía más un zumbido que un timbre, como una avispa enfadada e insistente. Sonaba tan fuerte que seguro que Brink lo había oído desde el despacho, pero allí no hubo indicios de movimiento.

—¿Brink? —lo llamó Micah.

El único ruido era el de las ametralladoras.

—¡Brink!

Micah se levantó al fin, salió al rellano y subió la escalera hasta el vestíbulo del edificio. Cuando abrió la puerta del portal, no solo se encontró con Lorna, sino también con un hombre delgado con barba que la había acompañado.

—¿Está aquí? —preguntó Lorna a bocajarro. Miraba más allá de Micah, buscando a su hijo—. ¿Todavía está contigo?

—Sí —dijo Micah.

Ese día iba con ropa informal, pantalones holgados y un jersey de canalé, y su marido llevaba una chaqueta de lana sobre la camisa. Parecía más afable y menos pez gordo de lo que Micah se había imaginado. Tenía las comisuras de los ojos caídas y algunas canas en la barba.

—Soy Roger Adams —dijo con voz tranquila, y le tendió la mano a Micah.

—¡Ay, lo siento! —exclamó Lorna—. No os he presentado. Micah, te presento a Roger. Roger, este es Micah.

—Encantado. Pasad —les dijo Micah—. Brink está viendo la televisión.

Se dio la vuelta para acompañarlos por el vestíbulo y la escalera que bajaban al sótano, pasando por el cuarto de la colada y la sala de la caldera. Una de las lavadoras estaba en marcha y el aire olía a humedad y lejía, pero hacía tiempo que Micah había dejado de preocuparse por las apariencias. Se le ocurrió que tal vez Brink hubiera aprovechado la oportunidad para escapar por la salida de emergencia. Sin embargo, cuando entraron en el apartamento, se lo encontraron en la puerta del despacho, con la televisión todavía atronando a su espalda. Llevaba el mando a distancia en una mano, como si fuera a apagar a sus padres y a Micah, y su expresión era defensiva, pétrea.

—¡Cariño mío! —exclamó Lorna, y cruzó a toda prisa la sala de estar para abrazarlo.

Brink miró por encima de ella hacia su padre, pero con la mano libre le daba golpecitos a su madre en la espalda.

—Hola, mamá. Hola, papá.

—Hola, hijo —dijo Dan asintiendo con la cabeza.

Se quedó junto a Micah, con las manos metidas en los bolsillos de los pantalones.

—¿Estás bien? —le preguntó Lorna a Brink separándose un poco. Lo miró a la cara—. ¿Has adelgazado? ¡Ya lo creo que sí! ¿Y de dónde has sacado esa ropa?

Brink se encogió de hombros.

—Estoy bien —contestó.

—¿Cuánto hace que no te afeitas? No pensarás dejarte barba, ¿verdad?

—Lorna —dijo Roger.

—¿Qué? Solo era una pregunta —dijo Lorna. A continuación, le dijo a Brink—: ¡Estábamos muertos de preocupación! ¿Qué has comido estos días? ¿Dónde te has metido?

—Deja que hable, Lorna —dijo Roger.

—Pero ¿qué dices? —preguntó exasperada, arremetiendo contra él—. ¡Le estoy suplicando que hable!

—Vamos, Lor.

—Voy..., mmm..., voy a apagar la televisión —dijo Micah, y entró en el despacho.

Una mujer paseaba por la playa mientras la voz en off de un hombre repasaba los efectos secundarios de un medicamento a una velocidad de vértigo. Como no tenía el mando, Micah apretó el botón de encendido del propio aparato y luego esperó un momento antes de regresar a la sala de estar. No había cambiado gran cosa durante su ausencia. Roger seguía con las manos metidas en los bolsillos y Lorna se había cogido del brazo izquierdo de Brink.

—Primero pensamos que habrías ido a casa de algún amigo —le decía en ese momento—, pero todos tus amigos están fuera, en la universidad, así que no creíamos...

—¿A alguien le apetece un café? —preguntó Micah—. Si queréis, preparo una cafetera.

Al principio nadie respondió.

—Sería un detalle, Micah. Gracias —dijo Roger al cabo de un momento.

Micah se dirigió a la cocina, confiando en dejarles así un poco de intimidad, pero por algún motivo todos lo acompañaron.

—Estaba a punto de llamar a los padres de algún amigo tuyo —explicó entonces Lorna—, pero tu padre dijo...

Micah acercó la cafetera al grifo para llenar el depósito y Roger se colocó a su lado a observar, como si el proceso le pareciese fascinante.

—... y yo sabía que tenía razón, pero es que estaba desquiciada. No se me ocurría qué...

Micah puso café molido en el filtro de la cafetera, volvió a colocar la tapa y enchufó el aparato. Cuando se dio la vuelta desde la encimera, se encontró con Lorna todavía colgada del brazo de Brink y con la mirada fija en su rostro, mientras le hablaba. El chico había dejado el mando a distancia encima de la mesa y miraba hacia un lado.

—¿Por qué se te ocurrió venir aquí, hijo mío? —preguntó Roger aprovechando un silencio.

Brink se concentró en él. Al principio, dio la impresión de que no iba a contestar, pero luego dijo:

—Me acordé de que vendían ropa de segunda mano aquí al lado y necesitaba algo que ponerme.

—¿Qué? Me refiero a por qué viniste a Baltimore. ¿Por qué a casa de Micah?

—Pensaba que podía ser mi padre —respondió Brink.

Lorna ya estaba al corriente, por supuesto, pero no debía de habérselo contado a Roger.

—¡Tu padre! —exclamó Roger.

—Me pareció que teníamos algunos rasgos en común.

—Que tenías rasgos en común con Micah —repitió Roger despacio.

Micah se puso tenso. Estaba a punto de ofenderse de verdad.

—Con un hombre que se gana la vida —dijo Roger—. Que parece ser autosuficiente. Que trabaja mucho, supongo, y no espera que los demás le regalen nada.

Brink miraba hacia su padre, pero sin enfocar la vista.

—Lo siento, hijo —continuó Roger—, pero no acabo de ver el parecido.

Y en ese momento, como si lo tuviera planeado desde el principio, Brink se zafó del brazo de Lorna, se dio la vuelta, abrió la puerta de atrás y se marchó. La puerta quedó entreabierta, dejando pasar la luz y el aire frío.

—¡Ay, Roger! —exclamó Lorna—. ¿Brink? ¡Vuelve! ¡Roger, ve a buscarlo!

Sin embargo, fue ella quien se precipitó tras el chico: sacó una silla de la cocina de su sitio, abrió la puerta de sopetón y bajó la escalera con gran estruendo.

Roger se dio la vuelta y miró a Micah.

—Lo siento, Micah.

—No pasa nada —contestó él.

—Espero que no te hayamos estropeado el domingo.

—Qué va, no tenía planes.

Roger extendió la mano; Micah tardó un momento en darse cuenta de que quería darle otro apretón. Luego se marchó, sin prisa aparente. Fue el único de los tres que se preocupó de cerrar la puerta al salir.

Micah se quedó un rato donde estaba.

La cafetera cumplía su tarea pacíficamente en el fogón.

No sabía qué había esperado que ocurriese. ¿Una conmovedora escena de reencuentro? ¿Un abrazo de grupo en la cocina?

Recogió el mando a distancia con la intención de devolverlo al despacho, pero entonces reparó en la ropa de Brink encima de la silla: su camisa blanca tan usada y la americana arrugada. Dejó el mando en la mesa y recogió el embrollo de prendas antes de dirigirse a la puerta de atrás, que estaba abierta.

—¿Hola? —dijo en dirección a la escalera.

No hubo respuesta.

Subió la escalera y se asomó al aparcamiento. Vio a Lorna caminando hacia él con paso tranquilo y los brazos cruzados.

—Están hablando ellos dos —le explicó una vez que se hubo acercado—. Roger me ha dicho que les deje un momento.

—Mira, Brink se ha olvidado la ropa —dijo Micah. Levantó las dos prendas y Lorna alargó una mano para cogerlas—. Pasa, te pondré un café.

—No quiero trastocarte los planes.

Ya era un poco tarde para inquietarse por eso, pero Micah no lo dijo. Gesticuló hacia la escalera y se retiró con intención de invitarla a pasar. De un modo casi instintivo, Lorna se acercó la ropa de Brink a la nariz e inspiró profundamente y de forma prolongada mientras bajaba.

Una vez en la cocina, se sentó en una silla y dejó la ropa de Brink en la mesa. Micah se entretuvo sacando las tazas, dos cucharillas y dos servilletas de papel.

—Me entran ganas de estrangular a Roger —dijo Lorna.

—¿Eh?

—Solo a él se le ocurre aprovechar para sacar faltas. ¡No es el momento de andar metiendo el dedo en la llaga!

—Ah, bueno...

—Siento que no lo hayas conocido en su mejor día —siguió Lorna—. En el fondo es un hombre muy agradable.

—En realidad, me ha caído bien —le dijo Micah.

—¿En serio? Tengo la impresión de que tú también le has gustado.

—Parece que eso te sorprenda.

—No, no —dijo ella. Y añadió—: Es gracioso, pero, en cierto modo, no sois tan diferentes.

—Bueno, salvo porque él es abogado de empresa y yo soy un manitas con pretensiones. Pequeños detalles como ese. Él tiene una casa y yo vivo en un sótano. Él tiene esposa y tres hijos y yo estoy solo.

—Pero no para siempre, ya lo verás —dijo Lorna—. Estoy segura de que encontrarás a alguien.

—Empiezo a pensar que no.

—Vaya, siento oírte decir eso.

Hasta ese momento, Micah había estado de pie junto a la encimera, pero entonces se dirigió a la silla que había enfrente de Lorna y se dejó caer en ella.

—¿Sabes por qué es? —le preguntó a Lorna.

—No, ¿por qué?

—No era una pregunta retórica. ¿Sabes qué parte de mí es la que desalienta a las mujeres?

—¡Desalentar a las mujeres! ¡Tú no desalientas a las mujeres!

—Al final, sí —insistió Micah—. Las cosas empiezan de maravilla, pero luego... No sé explicar qué sucede. Comienzan a lanzarme las típicas miradas de reojo. A mostrarse medio distraídas. Es como si de pronto recordaran que estarían mejor en otro sitio.

—Dudo mucho que sea así —dijo ella.

—Contigo sí fue así —contraatacó Micah.

—¡Conmigo! ¡No fui yo la que cortó!

—Fuiste tú la que besó a Larry Esmond.

—Uf, por el amor de Dios, Micah. No empieces otra vez con lo de Larry Esmond.

—Un día yo era el amor de tu vida y al día siguiente te das el lote con Larry.

Lorna apoyó las manos con rotundidad sobre la mesa y se inclinó hacia él muy seria. (De repente, Micah imaginó cómo se sentirían los clientes de esa abogada.)

—Escúchame —le dijo—, ya te lo dije una vez y te lo vuelvo a repetir: Larry no significaba nada para mí. No era más que un chico tímido de mi grupo de catequesis; no había intercambiado más de dos palabras con él. Pero esa tarde, mientras cruzaba el campus, me sentía como de bajón y vi a Larry, que se acercaba, y cuando lo tuve al lado, se paró en seco y me dijo con mucha parsimonia: «Lorna Bartell». Como si mi nombre fuese importante para él. No sonrió, no me saludó con la mano, mantuvo una expresión muy solemne y me miró a la cara. «Lorna Bartell», fue lo único que dijo. Como si me viera de verdad, como si viera mi auténtico yo. Y yo también me paré y dije: «Hola, Larry». Porque tú y yo estábamos pasando una mala racha justo entonces y me sentía bastante triste.

—¿Estábamos pasando una mala racha? —preguntó Micah.

—Pero ¡ese beso no fue intencionado! Al menos por mi parte no, te lo aseguro. Solo quería contarle mis problemas a alguien y él parecía dispuesto a escucharme. Se sentó en un banco conmigo y me dejó que lo soltara todo. Luego, no sé, se acercó a mí y me besó, y me pilló tan desprevenida que le dejé, un instante. Pero cuando te lo conté, no me creíste. Te negaste a reconocer que a veces una persona podía... meter la pata un poco.

—Yo no sabía que estuviéramos pasando una mala racha —dijo Micah.

—Me sentía fatal —dijo Lorna.

—¿Te sentías fatal?

—Micah, ¿te acuerdas de aquella bici que perdiste en el parque el verano que cumpliste doce años?

—¡Doce! Cuando yo tenía doce años no nos conocíamos.

—Puede que no, pero me contaste la historia de aquella bicicleta. Tenía diez marchas, ¿te acuerdas? Y ruedas finas y elegantes en lugar de neumáticos anchos.

—Me acuerdo —dijo Micah a regañadientes, porque no era un recuerdo feliz.

—Te la regalaron por tu cumpleaños, después de suplicar y suplicar que la querías. Juraste que no volverías a pedir nada más; les dijiste que podían saltarse los regalos de Navidad y el del cumpleaños del año siguiente. Luego, unas semanas después de que te la compraran, fuiste en la bici a echar unas canastas con un par de amigos. Estabais tan enfrascados en el juego que os quedasteis hasta que se hizo de noche, y cuando fuiste a buscar la bici, ya no estaba.

Micah negó con la cabeza, apenado.

—Una de las tragedias de mi vida —dijo, y solo lo decía medio en broma.

—Me refiero a: ¿cómo pudiste olvidarte de la bici? ¿Cómo pudiste pasar la tarde entera sin pensar en ella ni un momento? ¿No deberías haberla tenido en mente cada minuto, ya que era algo que habías deseado tanto? Pero no, para entonces ya te habías acostumbrado a ella. Ahora que era tuya, empezabas a encontrarle pegas, como unos frenos que chirriaban o una raya en la pintura o lo que fuera, y ya no importaba tanto.

—No era que no importase —dijo Micah.

—Bueno —añadió Lorna sin inmutarse—, yo soy la bicicleta que perdiste en el parque el verano que cumpliste doce años.

Micah parpadeó.

—Ya no creías que fuera tan maravillosa —le dijo—. Empezaste a sacarle punta a todo lo que yo decía; parecías aburrido cuando te hablaba; actuabas como si cualquier persona que estuviera cerca fuese más importante que yo. Habías dejado de valorarme como era debido.

—Ah, ¿sí?

—Y entonces, cuando ocurrió lo de Larry, cuando intenté explicarte cómo había sucedido, no quisiste escucharme. Fue casi como si te alegrases de tener una excusa. «No», me dijiste. «Se acabó. Hemos roto.» Yo te supliqué: «Micah, por favor, ¡no cortes conmigo!». Pero te limitaste a marcharte y no volví a verte.

—Espera, ¿me estás diciendo que fue culpa mía? —preguntó Micah.

Y sin embargo, al mismo tiempo, se sintió invadido por una especie de recuerdo evanescente, como un pañuelo traslúcido que se posara sobre él. Recordó la vaga insatisfacción que había empezado a sentir en presencia de Lorna cuando eran novios, y su sospecha de que ella, a su vez, había empezado a notar las faltas de Micah. Entonces recordó que había comenzado a percatarse de que el suyo no era el amor perfecto que había imaginado al principio.

—Pero bueno, ¡qué más da! —dijo Lorna, con un brío repentino—. Todo eso es agua pasada, ¿no? Ahora llevas una buena vida, por lo que parece, y creo de todo corazón que encontrarás a la persona adecuada en algún momento. Y yo tengo a mi persona adecuada y tres hijos que son mi orgullo y mi felicidad, aunque uno de ellos esté pasando por una etapa difícil ahora mismo. Pero sé que acabará bien.

—Ah, claro —contestó Micah con la mente en otro sitio. Continuaba tratando de ajustar su visión alterada del pasado.

—Roger y él mantendrán una conversación de tú a tú y Brink entrará en razón. Estoy convencida.

Después se recostó en la silla. Alargó el brazo para coger la americana de Brink, que seguía sobre la mesa, y la extendió delante de ella, estiró las arrugas y la dobló por la mitad con pulcritud.

—A veces —musitó—, al recapacitar sobre tu vida, casi dirías que alguien la había planeado con antelación, como si hubiera un camino claro que estabas destinado a tomar, aunque en aquel momento no pareciera más que una maraña de zarzas y ramas, ¿no?

—Bueno... —empezó a decir Micah.

—En fin, ¡cuéntame! —Lorna apartó la americana—. ¿Has tenido noticias de...?

Justo entonces llamaron a la puerta de atrás: tres golpes firmes, claramente de Roger, no de Brink. Sin embargo, cuando Micah se levantó y abrió, se encontró a ambos allí plantados, a Brink junto a su padre.

—¡Vaya, hola! —exclamó Micah.

Ninguno de los dos habló. Brink tenía una expresión sombría, la mirada gacha, y Roger mantuvo los ojos puestos en su hijo incluso al apartarse para que Micah cerrase la puerta tras ellos.

—¡Qué bien que hayáis vuelto! —exclamó cantarina Lorna. Se levantó de la mesa y dio unas palmadas.

—¿Hijo? —dijo Roger.

—Ahora voy... —contestó Brink.

El muchacho dio un paso hacia Lorna. Había levantado la mirada.

—Mamá, estaba muy agobiado porque me habían pillado haciendo trampas con un trabajo de una asignatura y el jefe de estudios me mandó a casa y me dijo que tenía que contárselo a mis padres y que luego tendríamos una reunión los cuatro para ver cómo afrontar la situación y seguir adelante, así que me estresé muchísimo y por eso me marché. —Lo soltó de carrerilla hasta el final. Con los ojos todavía fijos en su madre, no movió ni un solo músculo.

Lorna tardó un momento en abrirse paso entre toda aquella información. Tras asimilarlo, dijo:

—¿A qué te refieres con «haciendo trampas»?

Brink miró entonces a Roger. Su padre le dirigió una mirada severa.

—Casi no me quedaba tiempo —dijo al fin el chico, y volvió a mirar a Lorna—. ¡Nos mandan un montón de tareas! Tenía que entregar el trabajo al día siguiente, pero había muchas otras cosas que hacer, así que yo..., supongo que podría decirse que..., eh, bueno, compré uno por internet.

—¡Por favor, Brink! —exclamó Lorna.

Brink cerró la boca y apretó mucho los labios.

—¿Cómo pudiste hacer eso? ¿Cómo es posible que alguien tan inteligente y con tanto talento y...?

—Lorna —dijo Roger a modo de advertencia.

Y fue una suerte, porque de lo contrario, tal vez Micah lo hubiera dicho en su lugar.

Lorna se calló.

Brink lanzó otra mirada a su padre. Carraspeó.

—La idea es volver a la facultad y afrontar las consecuencias —dijo mirando de nuevo a Lorna—, y después me pondré a trabajar a conciencia para que estéis orgullosos de mí otra vez.

Su tono era tan poco entusiasta que Micah sospechó que Roger le había dictado las palabras, pero la expresión de Lorna se suavizó.

—Ay, cariño mío, ¡siempre estaré orgullosa de ti! Los dos lo estaremos. ¿A que sí, Roger?

—Ajá —dijo Roger.

Lorna avanzó un paso para abrazar a Brink, y este se quedó inmóvil en su abrazo mientras Roger los miraba con cara de inocente y las manos en los bolsillos, jugueteando con llaves o monedas.

Cuando Lorna se apartó, de pronto le entraron las prisas.

—Volvamos a casa —le dijo a Brink—. Pasaremos una buena tarde de domingo juntos, una agradable tarde de familia, y mañana iremos a ver al jefe de estudios. ¡Tus hermanos estarán muy contentos de verte!

Se dio la vuelta para recoger la ropa de Brink de la mesa —con un brazo todavía aferraba a su hijo, como si temiera que pudiera alejarse de ella—, y luego lo acompañó hasta la puerta. Roger la abrió para que pasasen los dos y salió detrás, pero antes de irse volvió la cabeza y dijo:

—Gracias, Micah.

—Un placer —contestó él.

—¡Sí! ¡Ay! —dijo Lorna, y giró en redondo—. ¡Muchísimas gracias! No sé cómo podremos compensarte...

Micah se llevó una mano a la sien y luego cerró la puerta tras ellos.

Apenas se oía el borboteo de la cafetera. El café debía de estar requetehecho. A su lado estaban las tazas vacías, las cucharillas y las servilletas, todo listo para los invitados. Salvo que no había invitados.

Guardó las cucharillas en el cajón. Devolvió las servilletas de papel a su paquete de celofán. Colgó las tazas en los ganchos correspondientes, y después desenchufó la cafetera de filtro y tiró el café por el desagüe.

8

Es inevitable preguntarse qué le pasa por la cabeza a un hombre así. Un hombre tan obtuso y limitado, tan cerrado. No tiene ningún aliciente, nada con lo que ilusionarse y soñar. Se despierta el lunes por la mañana y la luz que entra por la ventana de listones es tenue, de un gris desesperanzado, y las noticias de la radio despertador son todas indeciblemente tristes. Ha habido una masacre en una sinagoga; familias enteras mueren en Yemen; niños inmigrantes arrancados de sus padres que nunca, jamás, volverán a ser los mismos, ni siquiera si, por alguna remota posibilidad, se reúnen con su familia el día de mañana. Micah oye todas esas noticias con apatía. No le sorprenden.

Intenta volver a conciliar el sueño, pero se sume en un descanso agitado, frenético, roto por fragmentos de distintos sueños. Sueña que se le cayó la cartera y aterrizó en Sofía, en Bulgaria. Sueña que se ha tragado una bola de chicle, aunque no ha mascado chicle desde que iba a primaria.

Se rinde y se levanta con esfuerzo de la cama, se arrastra hasta el baño y entonces se pone la ropa de ir a correr, apaga la radio y sale por el sótano. Al subir la escalera que da al vestíbulo del portal, siente la necesidad de ayudarse a darse impulso apoyando las palmas en los muslos. Se nota pesado.

Fuera, el aire huele a diésel. El suelo todavía está húmedo por la lluvia del sábado. Empieza a un ritmo lento, entrecortado; parece que un nudo en el pecho le impide respirar bien. Cruza la calle y toma rumbo norte. El nudo empieza a soltarse y Micah aumenta un poco el ritmo. Ve a gente esperando en la parada de autobús, pero cuando gira hacia el oeste y sale de su barrio, las aceras están casi desiertas. Solo ve a otra pareja de corredores que pasan por la acera de enfrente y a un obrero que descarga conos de tráfico de un camión en un cruce. Solo cuando llega a Roland Avenue empieza a aparecer la multitud escolar. Niños pequeños que remolonean, madres que los azuzan para que sigan andando, niños de más edad que se pisan unos a otros, se gastan bromas, se empujan...

Cuando por fin vira hacia el sur, en la parte del recorrido que lo lleva de vuelta a casa, Micah ve a un hombre ancianísimo y encorvado que se aferra a una barandilla de hierro forjado mientras baja los peldaños de su casa muy despacio, con un maletín en la mano. El hombre cruza la calle y se acerca a un Buick anticuado, abre la puerta con una mano agarrotada y deja el maletín en el asiento del copiloto; después cierra la puerta con poco brío y rodea el maletero, sin apartar ni un segundo las manos de la superficie del coche, hasta que llega al lado del conductor, abre la puerta y desaparece dentro a una velocidad casi imperceptible. Algo le dice a Micah que es mejor que no se ofrezca a ayudarlo, aunque aminora un poco el paso hasta que ve que el hombre se ha sentado bien y está a salvo.

Es muy consciente de que la vejez también lo alcanzará, cuando llegue el momento. Problemas de salud, aumento en la prima del seguro, y ninguna esperanza de cobrar la pensión. Incluso ahora, a sus cuarenta y tantos, ha empezado ya a notar que confía un poco menos en su cuerpo. Va con más cuidado

cuando levanta cosas y se cansa cada vez antes cuando sale a
correr. Una lesión antigua que se hizo jugando al baloncesto
tiende a darle avisos en el tobillo izquierdo cuando hay cam-
bios de tiempo repentinos.

Ahora en dirección este, se topa con un inmenso boj velado
por telarañas falsas listas para Halloween. Se aparta para sortear
a dos mujeres que compiten por alimentar un parquímetro. Por
un instante, confunde una caja de periódicos con un niño que
llevara una cazadora abultada. Sabe que sus problemas de visión casi siempre se manifiestan en intentos de convertir los
objetos inanimados en seres humanos.

Se acerca a su edificio por la fachada delantera y baja el ritmo
para acabar caminando después de pasar por el local de truchas.
Se lleva ambas manos a la cintura, pues le cuesta respirar, mientras sube los peldaños de la entrada. Mira con aire reflexivo el
balancín del porche, pero, por supuesto, no hay nadie sentado.

El agua de la ducha es caliente y vigorizante, y él disfruta del
olor del jabón que compró hace poco en Giant. Pero una vez
que sale de la ducha y se aposta junto al lavabo, con la toalla
alrededor de la cintura, resulta que no tiene ganas de afeitarse.
Limpia un arco de condensación en el espejo con la almohadi-
lla de la mano y se queda mirando su propio rostro, y, la verdad, no le importa lo más mínimo verse así. Como también se
saltó el afeitado el día anterior, ya empieza a notársele el bigote;
una máscara granulada negra moteada con azarosos destellos
blancos. Parece sucio.

Bah, qué más da.

Se viste en el dormitorio y después va a la cocina a hacerse
el desayuno. Tostada, decide, y media naranja que lleva espe-

rando bocabajo en un plato dentro de la nevera unos cuantos días. La superficie ahora está como reseca y tiene algunas motas, pero no le importa. La corta en gajos con el cuchillo de la carne. No se molesta en hacer café. Ni siquiera se molesta en sentarse; se limita a quedarse de pie junto a la encimera, alternando bocados de tostada y gajos de naranja. De la pared cuelga un calendario, a la altura de la cabeza, pero sigue en el mes de agosto. En realidad, ya no utiliza calendarios de papel. Escudriña la foto de agosto: un desconsolado cachorro beis con una venda tapándole un ojo. El calendario se lo mandó por correo postal una protectora de animales.

Otro sueño más de esa mañana emerge en su mente: conducía un coche con su padre. Le decía que se negaba en redondo a volver a visitar a la tía Bertha. Era un sueño tan vívido, tan lleno de detalles concretos que todavía cree oler el tapizado de terciopelo polvoriento del coche. Sin embargo, el padre de su sueño no era alguien a quien conociera, y no tiene ninguna tía que se llame Bertha. Parece que, por error, ha tenido el sueño de otra persona. Ahora que lo piensa, los otros sueños que ha tenido esta mañana también podían haber sido prestados.

Tira los restos de la tostada a la basura junto con la piel de la naranja. Lava el plato bajo el grifo y lo guarda en el armario; enjuaga el cuchillo de la carne y lo guarda en el cajón. No vale la pena pasar la aspiradora alrededor de la mesa porque ni siquiera se ha sentado. Así pues, pasará directamente al día de fregar el suelo. «El temido *gato* de *fgegag*», dice en voz alta. Pero no hace ademán de coger la fregona y el cubo.

En lugar de eso, va al despacho y consulta el correo. Propaganda de candidatos políticos, peticiones de contribuciones a las campañas electorales, ofertas suculentas de neumáticos para la nieve, protección antivirus para el ordenador y limpieza de desagües. Borrar, borrar, borrar. Kegger quiere saber si el miércoles podrían quedar en la tienda Apple. Anímate y dile que sí; una dosis de actividad familiar no le parece tan mala idea ahora mismo. La suscripción a la revista *Tech Tattler* caducará a finales del mes siguiente y debería clicar aquí para renovarla. Borrar.

Está a punto de cerrar la sesión cuando ve que ha recibido un mensaje de Lorna Bartell Adams. «Solo quería decirte...», lee en la primera línea. Por eso debería llevar el móvil siempre consigo; parece que esté jugando eternamente a pillar. Clica en el icono para leer el resto del mensaje. «Solo quería decirte que las cosas se han arreglado. Tuvimos una larga conversación en el camino de vuelta a casa y el lunes hemos acordado una reunión con el jefe de estudios. Gracias de nuevo. Besos, Lorna.»

Se plantea contestarle, pero al final no lo hace. De todos modos, ¿qué le diría? «Me sorprende que te hayas molestado siquiera en escribirme, dado que se supone que soy un...»

Se separa del escritorio, se levanta y va a la sala de estar. Manta, teléfono, tres latas de cerveza vacías, comida precocinada, bolsa de patatas fritas: coloca cada cosa en su sitio. No es la primera vez que piensa que debería poner orden antes de irse a la cama por la noche. Pero, no sabe por qué, al final de un día entero haciendo absolutamente todo lo que se supone que debe hacer, se le acaba el entusiasmo.

«¿Cómo es posible que fuese solo culpa MÍA que nuestra relación se torciera? ¿Qué demonios crees que...?»

Niega con la cabeza un par de veces. «Pasa página, por el amor de Dios.» Lorna se acabó, y punto. Igual que todas las demás: también Zara y Adele, y por último Cass. Debería sentirse liberado. En realidad, se siente liberado. Lorna era tan mojigata que resultaba agotadora, Adele estaba muy obsesionada con La Danza (como lo llamaba ella), Adele con sus queridas especies en peligro de extinción. («¿Estás sentado?», le preguntaba antes de anunciarle la desaparición de algún tipo raro de mariposa, aunque estuviera en la misma habitación que él y pudiera ver con sus propios ojos que, en efecto, estaba sentado. «¿Estás preparado para lo que voy a contarte?», le preguntaba, igual que esas personas que se ríen de sus propios chistes, para preparar a su audiencia, antes de empezar siquiera a contarlos.) Y Cass: bueno, Cass tenía muchos defectos; para empezar, que hubiera sido muy poco sincera con lo que esperaba de él. ¿Cómo iba a saber Micah las expectativas que tenía ella? ¡No podía leerle el pensamiento!

Arruga el entrecejo y mira la papelera en la que acaba de tirar la bolsa de patatas fritas. Entonces suena el teléfono; lo saca del bolsillo y mira la pantalla. Un número desconocido.

—Tecnoermitaño, dígame —contesta.

—¿Es Tecnoermitaño? —pregunta una mujer.

Micah pone los ojos en blanco.

—Sí.

—Mire, tengo un dilema, ¿sabe? —le dice. Su voz es joven, pero no parece tan joven. Ya debería haber renunciado a usar ese tono ascendente y cantarín—. A veces algo falla en el ordenador. Como el programa que tengo abierto, ¿sabe? Y entonces me sale ese aviso en la pantalla de si quiero mandar un informe del incidente, ¿sabe?

—Ajá.

—Bueno, le doy a aceptar o me acarreará problemas.

Por irónico que parezca, pronunció la única pregunta auténtica de toda la retahíla sin tono interrogativo.

—¿Y por qué iba a acarrearle problemas? —pregunta Micah.

—¿Porque podrían robarme la identidad?

—¿Disculpe?

—Mi identidad. Podría ser un complot para robármela.

—Qué va —responde Micah.

—¿No?

—Imposible.

Hay un silencio, como si la mujer se debatiera entre creerle o no.

—Puede estar tranquila y mandar un informe al fabricante —le dice—, pero no se moleste en hacerlo si eso la incomoda.

De todos modos, está a punto de añadir, hay montones de cosas mucho peores que perder la identidad. Ahora mismo, él casi siente que perder su propia identidad sería un alivio.

—De acuerdo, gracias —dice la mujer al fin, y cuelga.

Ni siquiera le pregunta si le debe algo, aunque él le habría dicho que no.

Lleva la papelera a la cocina y la vacía en el cubo de la basura, situado debajo del fregadero. Al día siguiente recogen la basura, pero no tiene suficientes desechos para llenar una sola bolsa de desperdicios.

La siguiente llamada llega al cabo de un rato, mientras hojea ocioso el *Sun* en la mesa de la cocina.

—Soy Arthur James —dice un hombre—. ¿Se acuerda de mí?

—Mmm... —responde Micah.

—Me instaló un disco externo hace un par de meses.

—Ah, sí —dice Micah, confía en que de un modo convincente.

—Bueno, pues de pronto la impresora no escanea. Ayer sí escaneaba bien y hoy parece que no puede.

—¿Ha probado a apagarla y volver a encenderla?

—Sí, pero nada.

—Ajá.

—Así que me preguntaba si podría venir a echarle un vistazo.

—¿Me recuerda la dirección, por favor?

El hombre se la dice y Micah la apunta en el taco de notas que tiene junto a la tostadora.

—Voy enseguida —dice.

Cuelga y arranca la hoja del taco, coge el cartel magnético del coche y la bolsa de herramientas y sale por la puerta de atrás.

Ya casi ha acabado la mañana y en la radio del coche suena un programa de tertulia con llamadas de los oyentes. Micah piensa que los programas en los que intervienen los oyentes son la peor idea del mundo. ¿A quién le importa la opinión mal informada de un hombre cualquiera? No para de pensar en cambiar de emisora, pero no tiene energía para hacerlo.

La persona que ha llamado en ese momento, un hombre con voz ronca de Iowa, suena sorprendido al oír que está en el aire.

«Vaya, ¡hola! —dice—. ¿Estoy en antena?»

Un silencio.

«Hable, por favor.»

«Bueno, para empezar —dice el oyente—, quería decir que me encanta su programa. Siempre...»

«¿Qué opinión quería dar?», pregunta el moderador del debate.

«¿Eh? También me gustaría darles las gracias por responder a mi...»

«¡De nada! Por favor, ¿cuál era el motivo de su llamada?»

El oyente se embarca en una perorata errática acerca de..., ¿cuál es el tema del día? La violencia policial; sí, algo sobre la violencia policial. Tiene infinidad de tics verbales: los «¿sabe?» y los «o sea» salpican cada frase, y hay tantos «eeeh» y «mmm» que hasta él debe de darse cuenta de sus muletillas. Pero parece abstraído, incluso cuando el moderador empieza a lanzarle indirectas para que abrevie, tipo: «Sí, pero...» y «¡Muy bien! Y ahora...».

—Por eso habría que dejar la locución de radio en manos de profesionales —espeta Micah dirigiéndose al oyente. Luego reprende al moderador—: Y usted, un poco de modales, por favor.

Un gigantesco camión cisterna bloquea el siguiente cruce. Al dios del tráfico debe de estar dándole un ataque. A fin de cuentas, ha ocasionado un buen atasco, y para cuando Micah se pone en marcha otra vez la llamada ha terminado, menos mal, y están dando las noticias. Ha habido riadas en el Jordán y un alud de lodo catastrófico en Colombia. Un inmigrante ilegal que ha sido deportado a su patria dice que cuando llegue allí dará media vuelta y lo intentará de nuevo. Lo intentará una y otra vez, una y otra vez, y aún otra vez después de esa, dice, porque ¿qué otra cosa puede hacer una persona como él? Al final, Micah apaga la radio. Ha parado en el semáforo de Northern Parkway y oye la radio de un coche vecino, en la que atruena algo febril que parece hip hop; los bajos son tan potentes que le martillean los tímpanos. Espera con la vista fija en la carretera y las manos en el volante, justo en las diez y las dos en punto, como le enseñaron. Mentalmente escribe otro mensaje a Lorna.

«En lo único que me equivoqué —escribe— fue esperar que las cosas fueran perfectas.»

De forma abrupta, activa el intermitente para girar, y cuando el semáforo cambia de color, se dirige al este en lugar de continuar hacia el norte.

Ahora que la radio está en silencio, oye todos los sonidos, procedentes tanto del exterior como del interior del vehículo. El siseo de los neumáticos en el asfalto húmedo; el murmullo del motor, que recuerda a una máquina de coser; alguna herramienta de su bolsa que repiquetea contra otra herramienta con el menor bache del firme. Pasa por delante de Loch Raven Boulevard. Deja atrás Perring Parkway.

Gira a la derecha en Harford Road.

Son las 11.18. No tiene ni idea de qué estará haciendo ahora la clase de cuarto de primaria. ¿Será ya la hora de comer? Esperará a que llegue la hora de comer. Se limitará a aparcar junto al colegio y esperará. Aunque ¿cómo sabrá cuándo empieza la pausa del mediodía? Al fin y al cabo, estarán todos dentro, en el comedor escolar. Después saldrán al patio, una vez que hayan comido, ¿o se quedarán dentro del edificio hasta que acaben por la tarde? Bueno, si tiene que esperar hasta la tarde, esperará. Se quedará sentado en el coche hasta que salgan, porque ¿qué otra cosa puede hacer una persona como él?

Gira a la derecha, luego a la izquierda y después de nuevo a la derecha. Está en una zona mayoritariamente residencial, de casitas con jardines pequeños llenos de hojas caídas, muchos carteles en las puertas de negocios familiares, como trenzado del cabello y venta de lanas. Después pasa por un campo de béisbol y acaba en la escuela primaria Linchpin, al final de una calle sin salida. Un edificio de ladrillo de dos plantas con aire destartalado, escalera de cemento con las aristas romas, dibujos estridentes en casi todas las ventanas. Una zona de parque con el firme de arena a la izquierda y unos columpios, una rueda..., y sí, niños, decenas de niños y niñas.

Al principio eso le da ánimos. Estaciona en el aparcamiento de asfalto y sale del coche, con las gafas todavía puestas porque necesita verlo todo claramente. Pero entonces cae en la cuenta de que esos críos son demasiado pequeños para ser de cuarto. Están jugando en círculo, a algo del estilo del corro de la patata; se pegan mucho unos a otros, con ese aspecto de fardo hinchado que tienen los niños cuando los visten los adultos. A pesar de todo, Micah continúa caminando hacia ellos. Ha avistado otro grupo justo detrás, alumnos mayores, niños y niñas más separados entre sí. Los niños se entretienen juntos sin un propósito claro mientras que las niñas han organizado una especie de juego de saltar a la comba. «Allison, te toca. "Tengo una carta en el correo —cantan mientras la cuerda da vueltas—, yo no sé de quién será."» En el centro salta una niña cuyas trenzas vuelan y le caen sobre la espalda cada vez que pone los pies en el suelo.

«Si es de Matthew no la quiero, si es de Andrew que venga ya...»

—¿Andrew Evans? —grita Allison—. ¡Puaj!

—«A la una, a las dos y a las tres, que salga...»

—¿Sois de cuarto? —pregunta Micah a una de las chiquillas que sujetan la cuerda.

—¿Qué?

—Que si vais a cuarto curso...

—Bueno, algunas sí.

—¿Dónde está vuestra profesora?

—Mmm...

La niña mira alrededor sin una dirección concreta. Deja que su extremo de la cuerda se pare, y Allison se tropieza y se detiene.

—¡No vale! —chilla Allison, y les dice a las demás—: ¡Shawanda ha soltado la comba!

—Perdona, ha sido culpa mía —dice Micah—. Busco a...

Camina a su alrededor, pero debe de haber alguna cazadora en el suelo, en un lugar donde no se lo esperaba. Se le enreda en el zapato izquierdo y Micah cae de rodillas.

—Tengo que encontrar a vuestra profesora —termina de decir mientras se incorpora con esfuerzo.

No le ha dolido en absoluto, ya está de pie otra vez, pero al parecer, el tropiezo ha alarmado a las chiquillas, porque todas se dan la vuelta y echan a correr hacia el colegio gritando:

—¡Señorita Slade! ¡Señorita Slade! —Lo dicen tan rápido que parece una única palabra—. ¡Hay un hombre ahí! —repiten.

—Solo quería hablar un momento con ella —les dice Micah. Y luego añade—: Hablar un momento contigo.

Porque entonces, Cass en persona ha aparecido por una puerta lateral del patio. Tiene la cabeza gacha y va subiéndose la cremallera de la cazadora conforme camina; no se da cuenta de que es él hasta que lo tiene a pocos metros, y entonces alza la mirada y arruga la frente.

—¿Micah? —lo llama.

—Lo he hecho todo mal —dice él—. Intentaba no cometer ningún error y mira cómo he terminado.

—¿Qué?

—¡Mira cómo estoy! ¡Mi vida ha quedado reducida a nada! ¡No sé qué voy a hacer con ella!

—Ay, Micah —dice Cass, y después se acerca aún más y lo coge con cariño por las muñecas, porque él no para de estrujarse las manos. Le mira las rodillas, manchadas de arena húmeda, y le pregunta—: ¿Qué te ha ocurrido?

—Se cayó encima de mi chaqueta —dice una niña pequeña, que ha recogido la cazadora del suelo y está limpiándola con mucha eficacia.

Sin embargo, Micah decide darle otro sentido a la pregunta de Cass.

—Soy una sala llena de corazones rotos —le dice.

—Ay, vida mía —dice Cass.

Nunca lo había llamado «vida mía». Micah confía en que sea una buena señal. Piensa que podría serlo, porque lo siguiente que hace Cass es rodearlo con el brazo e invitarlo a ir con ella hacia el edificio. Caminan tan pegados que se tropiezan con los pies del otro, y Micah empieza a sentirse feliz.